鞋跟的祕密

吳孟樵／著

推薦序　愛是血寫的詩

文／藍祖蔚（文化評論家、國家電影及視聽文化中心董事長）

從任何一個角度看，她都像是精靈，有翅膀的那種。
讀她的文字，眼前總會浮想起呼女詩人敻虹的〈詩末〉：

愛是血寫的詩
喜悅的血和自虐的血都一樣誠意
刀痕和吻痕一樣
悲慼或快樂

寬容或恨
因為在愛中，你都得原諒

印象中的她，偏愛素色薄紗，有時淡粉，有時鵝黃，總還有頂暖色小帽，像風一樣隱身在你身旁，不愛吭聲，不愛張揚，你卻知道她一直都在。而且，眼神放閃處，有電波嘶啞；手指揮舞處，有螢光點點，應該是那種擅長叫醒春天的精靈，然而她又愛換穿中性的孟樵外衣，卻又套上了極其私密的陰性符號——高跟鞋，以出人意料的混血姿態，完成她迎風輕唱的文字挑逗。

挑逗源自她愛踩鋼索，顫顫巍巍地持扶著一根愛恨分據兩端，質量卻明顯失衡的木竿，輕唸著呢喃咒語，慢步往前行去。明明如此驚心動魄，卻用了水波不驚的觸摸，就像電影《走鋼索的人》（*The Walk*）中，男主角Joseph Gordon-Levitt站上懸亙在世貿雙子星大樓左右雙塔的凌空高索，踏出第一步時，作曲家Alan Silvestri沒用撩動神經的低頻撥弦，卻在鋼琴黑白鍵上，華麗彈出了改編自貝多芬「給愛麗絲」的〈*I Feel Thankful*〉，音樂如此甜美，冒險如許驚悚，一場鋼索芭蕾就在理應相互排斥的視聽交響下，一踩一蹬地舞將起來。

在鋼索上跳芭蕾，既要來回，還要轉身，還要躺臥，有時還會單足下跪，向雲端下只能吶喊注視的觀眾致意。《鞋跟的祕密》中的每一則情愛故事（有時愛情，有時親情），除了書寫上的炫技，還有著把玩人心的磨刀霍霍。

吳孟樵的愛情偏多心靈的出走或者走私。因為愛，所以踩上情愛鋼索；因為貪戀或背叛，所以腳步蹣跚又忐忑。因為愛，必定有吻痕；因為愛，難免有了刀痕。吻痕讓人纏綿不捨，血脈賁張，刀痕讓人淌血，滴滴落落皆是愛與恨的勾連，這個公式套進她所書寫的母女、父女親情也同樣適用，畢竟親情若像一條小河，沿河水路同樣有著吻痕與刀痕，吻痕開啟了生命，刀痕灌注了踉蹌跌撞的成長血色，吻痕與刀痕交錯的生命矛盾既是吳孟樵文字的特色，亦是魅力。

吳孟樵的細膩感性亦落在聲音與聽覺上。包括只有自己才聽得見的耳畔人聲，包括只有關心才會聆聽，甚至思索與量測的鞋跟聲音……人聲也好，鞋跟也好，從這種與心跳聲同頻共振的脈絡上爬梳追尋下去，才得著它隱藏在內心深處的座標，才會敢於展開冒險的觸碰，不管換來的是吻痕或者刀痕，微微滲血的快與痛，都會是你闔上書本時，難免惆悵低迴的心情，因為你明白接受到她留在字裡行間的訊息：「**不要放棄與我對話，尤其當妳寂寞時呼喚我，你知道怎麼找到**

我，怎麼將我化成一篇篇的故事。」這段來自〈復活記〉的文字，應許了所有曾經流浪與死亡的心靈，終究都能透過文字與故事的結構，重新甦活與舒展開來。

本書的最後一篇是〈狂戀德古拉〉，附錄的三部電影文字《第三朵玫瑰》、《噬血戀人》和《血色入侵》，表象都交集在「血」上，實質則卻是對激情與永恆的辯證與思索。吸血鬼的那一咬，來自激情的暴烈，求的是歡暢和長生，絕對私我的欲求滿足，一旦吸血鬼要與你和平共處，那才是愛的開始，也是折磨的開始，吳孟樵對於血的耽戀，既是苦海人生的無情素描，亦是因愛而生的折磨與煎熬，參不透鏡花水月的俗世人生，只能在紅豔的血色中翻滾。吳孟樵就這樣鼓弄著她的精靈翅膀，向有緣的讀者輕聲哼著紅塵戀歌。

推薦序　永遠的少女

文／吳娟瑜（國際演說家、作家）

有一回，和孟樵餐敘後，她送我上計程車。我向窗外的孟樵揮揮手，車子已經啟動，只見她踽踽獨行於信義路大馬路邊。她，也對我笑臉揮手，像是個永遠的少女，身形單薄卻勇往直前。

可以說，相對我的務實組織化人生，孟樵更顯浪漫氣質，我喜歡對談中感受到她的溫暖、貼心和真摯。

創作者如她，經年累月在「失去」的軌道前行，想必有許多驚心動魄的夜夢，有許多不可理喻的觸動；孟樵，彷彿一位從字裡行間翩然而出的女主角，不知所措地行走於自我追尋之路。

認識她多年，知道她的才華，明白她的苦楚，也開心她悠遊自得於影評、電影小說、青少年小說和童書的寫作，如今，《鞋跟的祕密》感覺是最貼近她生命內裡的呼喚。

我喜歡探索人在潛意識和無意識之間不著痕跡的落筆，也喜歡發現字句筆觸之間自然流露的渴盼，孟樵的作品常能觸動我的驚訝、驚喜和驚豔。

孟樵有著童心未泯小女孩的天真，也有許多我觸摸不到的神祕特質。閱讀她的作品，我努力追尋她生命最深層的靈動，努力理解一個永遠的少女如何撼動情愛故事。

推薦序　跨越時空渴望親情如孟如樵

文／宋銘（佛光大學傳播系助理教授、廣播金鐘獎最佳主持人）

穿上一雙高跟鞋或皮鞋，跟部就在暗地裡滋長著都會男女不同心情的情事，吳孟樵最新的作品——《鞋跟的祕密》——一系列的短篇故事看了心靈生巧，像是丟了一些謎團，卻又巧妙的完整文學解謎的遊戲……

有人說孟樵的文學全給了電影，我認為卻在最神祕的腳跟之間，留下了一些屬於自己的一些私密感情故事。國內女作家中，孟樵文筆冷冽、深度又能直接指出當下的心情感受與四周的風生水起，讀起來過癮，像是篇抒情散文，也可以說是汲取靈感的一些文字。每篇章好多唯美的文字，陸陸續續灌入到你的眼底，這實在是一件非常美麗的閱讀經驗；書中有夢想，有對親情的渴望，有對於跨越

推薦序　鞋裡開出一朵玫瑰

文／孫小英（兒童文學工作者）

「當我回到家，看見他臨去醫院、匆匆脫在門口的一雙拖鞋，就完全崩潰了。」一毫無預警下，先生便撒手而去的年輕女性朋友，無法接受地對我哭訴著。

鞋子，每日穿穿脫脫、進進出出的竟有這般承受之重？卻在孟樵《鞋跟的祕密》裡，協奏出不僅是「鞋的聯想」，更交織了和鞋相關的人生各種面向，與刻骨銘心、無法丈量的愛，甚至妙「筆」回春，夢幻能成真，逝去的真愛，可以復活；只要穿上鞋子，鞋子的重量，自然牽繫住飄揚的風。即使脫離地心引力，沒有所謂上、下的太空人，腳底仍要有雙特製的鞋。鞋子讓人腳踏實地、有所依歸，感受到真正所擁有的。即使分散各方的親人，慧心靈巧的孟樵，仍橫空刻出

推薦序　友「質」友「量」以「聞」會友

文／謝向榮（TVBS新聞主播）

因為人間福報副刊音樂專欄「當音樂響起」的筆名櫻桃，讓她成為我口中的「櫻桃妹」！自從二〇一一年TVBS一步一腳印的專題採訪中，美麗的她成為報導主角後，雖然我們沒有繼續在真實世界碰過面，不過這三年多來，卻在虛擬世界，頻繁地交換意見！何其有幸，櫻桃妹總會在她的文章於報章雜誌發表之後，迅速與我分享作品的網路連結，讓熱愛看電影的我，總能快樂品嘗她專業又深度的影評文學，每每都成為忙碌的我，決定是否進戲院的最重要參考依據！而她散文小說的行雲流水，又引領讀者進入另一座桃花源！

很佩服這樣才華洋溢卻低調的櫻桃妹，婉拒成為「媒體寵兒」！相較於許多女作家搖身一變，成為遊走各頻道的主持人、名嘴時，我總是好奇：有著偶像劇女主角般充滿仙氣的外貌，還能進入各大校園演講座談，口才極好的她，為什麼要跟五光十色的電視網路媒介保持距離呢？我猜原因除了她林黛玉般，有時會昏倒的體質之外，應該是她的堅持：想好好地把所有精力，投注在最專精且擅長的文學領域上吧！這一篇篇、一本本的大作，想必都是櫻桃妹最想留下的成績，而不是浮光掠影的大眾娛樂？

文筆好、「質」感佳、作品產「量」大，這樣的友「質」友「量」，真是我三生修來的福氣，實在無以為報，只能請她看看我播的新聞，以「聞」會友，跟進掌握全世界的脈動，只希望櫻桃妹不要覺得吃虧了！

祝福新書發揮更大的影響力，期待我這位文壇好朋友繼續努力灌溉筆耕，報答一路跟隨妳的所有粉絲！

推薦序　在「追夢」和「閃躲」之間

文／隱地（作家、爾雅出版社發行人）

吳孟樵的短篇小說集，處處讀到「鞋」字，十三篇小說，題目明標的就有三篇和「鞋」相關的題材，另有一篇〈足繭〉，雖未明寫「鞋」，仍然是因穿「鞋」而長出了「繭」，還是「鞋」的故事——「鞋」代表什麼呢？我想，作者是要寫人的浪跡天涯，人在世上，無非「追夢」和「閃躲」，無論「向前」或「後退」，人都要穿上「鞋」，才能達到心的意志——可說「鞋」幫我們完成了人生任務，所以作者不停地感謝經常被人們忽略的「腳」和「腳下」，「腳」是人的根本所在啊！吳孟樵的小說表面浪漫，在愛情和親情故事的背後，卻都隱藏著一段段生命成長的傷痛故事，所以這也是一本療傷之書，可以幫助我們自我提升人生智慧。

推薦語

（足）繭，是不流血的傷疤，直至龜裂。如同真相。

——毛恩足（音樂創作歌手）

孟樵的大眼睛，注定惹出一個誤解，那濛濛的眼，可能情節太多、細密太少。誰教她是位知名影評家。但她的小說透出難得一見的練達、機鋒，不拖泥帶水，機智與俏皮並陳。孟樵透過這本集子，呈現電影與文字，可以在同一支筆互為表裡。

——吳鈞堯（作家）

孟樵的作品如音樂美麗篇章的交集，綺想曲中有賦格的細緻，無言歌中有交響詩的精彩！

——李哲藝（灣聲樂團音樂總監）

拿捏是愛情裡最偉大的藝術。

——第五德嘉（人格側寫師）

孟樵仙氣飄飄的外型，卻在早期短篇小說集中洩漏多元變裝的調皮個性。從戀物到走心，她手起刀落的俐落不似後期寫影評的濃稠，反而有種當代小說少有的明快感。我不懂鞋，卻可以懂書中人想「離地飛翔」的祕密。

——陳樂融（作家、作詞家、主持人）

久違的老派純愛故事如鞋跟般叩叩敲響閱讀者的心靈。

——廖志峰（允晨文化發行人）

孕育於二十世紀的文字
在二十一世紀　破繭而出
積累的能量　撼動靈魂
愛　穿越時空　而來

——蔡季延（潮州高中教師會長／國文老師）

作者序・敘
我的信仰不是愛情，卻高於愛情

色彩不該被世俗統一「定位」，就像愛情不會是一種面貌。愛與情都有「心」字，「愛」顯然更高於「情」。愛包覆於深處，情可以飄逸而出。

從青澀年紀起至今，我的「信仰」始終不是愛情，它太渺小、世俗、淺薄、簡易。對於這點，我必須忠實說出我的心態非常傲慢。曾將此信仰反向化身於我所寫的電影作品裡，讓一位偶像型歌手演員在他飾演的角色裡說：「我的信仰是愛情，或許我們對愛情的解讀不同……因我信仰愛情，要定我罪？」但是，我絕對相信愛，相信義，相信情，相信至高無上的愛情。

心有節奏，腳也是。足下的聲音無論是躡足而行、滑行，狀似無聲；或是愉快地憤怒地散漫地踏足出聲，都有其專屬的生命感。故事，就在其間。

試著想像：以漂亮的高腳杯品嘗紅酒（優雅）；以大碗喝特製的酒（豪邁）；以小小杯一飲而盡烈酒（爽快）；以類如大靴子的酒杯灌下生啤酒（涼快）……還有呢？超多種類容器或不需容器的飲法。愛情呢？愛情是豪飲酌飲不飲？滋味都不是一款。即使是喝果汁或是喝茶喝白開水，感受也不同。

這本書不是我的第一本小說，也不是第一本愛情著作，卻是最早期、最具初衷的創作。極多數是還沒寫影評前的作品，至今看來讓我產生靦腆感，像是得接受檢驗的緊張，完全不同於剛寫作時那樣的篤定與靈光乍現的喜悅。當時只需一個點子，就可源源不絕地寫出整篇小說，費時不到兩三小時，且不需修改。而今，卻是看到「**同於我又不同於我**」的文字，思索多時，才回憶起當時是以劇本的結構寫作，難怪乎影像感強烈，主題意識也明確，文字的鋪排卻不夠成熟。但我保留「初衷」，保留最真實的我與歲月流動的痕，不更動架構，只略為修改標點符號與贅字。

為何集中於此主題，想來，與我的腳太小太瘦，腳板太薄，總無法找到便於行走的鞋。在家總是赤腳，卻仍是會感到足底踩踏上的不舒適。這些都是推論，直到集結這本小說，猶如我上本書《《歸鄉》的親子關係與俄羅斯文化：這位導演，讓我想起我爸媽》即將出版時，蹦出埋藏記憶底層的畫面——**那是奔跑與鞋子的畫面，是我幼童時期的恐懼**——誰能預料，這樣的恐懼影響我至深，像是與運命抵抗，鄙棄規範，卻又試著從於規範，在一步與一步的交踏中，找到屬於自己隨興的節奏。

揭開幾層的記憶

小說裡多與主角的夢境或意識流有關，被抑制的情感，勢必是得這樣「行」過，如一場場的冒險遊戲，或停滯於空間裡的閉鎖狀態。關於小說之外我的現實人生，腳與鞋的記憶更多更多，人與臉孔，反而未必是重點。在此記述幾則：

跌落斷崖：四人的行車之旅，因司機誤判，我思索避開險難的方式該跳車？當下連司機共五人，已翻落。唯我一人當場昏厥，夾式的耳環掉落遺失一只、鞋子鬆脫一隻掉在身旁不遠處。因為醒後能行走，精神也好，沒就醫，盲目無知地看著遍佈全身肢體每片皮膚，自頸部至腳踝腳板瘀血整整一年。

摔下山：幾個人的小旅行，清晨於高山因前一晚下過雨的泥濘地上行走，走過長長的窄路，當下預感會掉下去。果然，唯我滑落，一路滾滾滾，驚愕地想著會被困在深山裡直到黑夜嗎？幸好有大樹擋住我的身體免於繼續滑下山。神奇地感受到大自然的保護力量，那是非常柔軟又強大的力量承托住我。雖然狼狽地一身泥與落葉，卻毫髮無傷，沒摔痛身體，也沒擦傷。

捧著一雙鞋：在聚光燈下，應該是最美麗的時刻裡，熱切與深具理想的生命故事瞬間轉換。我捧著一雙鞋，而鞋子的主人從此無法穿回自己的這雙鞋了。這雙鞋，勢必想念原本承受的那雙腳的溫度。

這之後隔了幾年，帥到爆的青年在深夜與我道別轉身後，又頻頻回頭訴說。當下我強自鎮定，即使我們多像戀人，依然害怕他對我產生真感情，因為他的眼神從慣性的酷樣變成溫柔樣。即使他帥到讓人不想拒絕，當下，我只能盯著他的腳與涼鞋，恐懼地想起我曾捧著的一雙皮鞋。他們有某種相似感，何況我是在同一年分別認識他們。

深夜與清晨：與陌生人可以建立「行」的故事嗎？電影《愛在三部曲》（*Before Sunrise* & *Before Sunset* & *Before Midnight*）創下迷人的愛情故事，尤其是精彩的兩人對白，看似生活日常，卻是一見鍾情的交流。在第一部《愛在黎明破曉時》（*Before Sunrise*），搭火車的男女主角談興濃，茱莉・蝶兒接受伊森・霍克的建議一起下車，兩人行過多條街與咖啡店、公園，聊彼此的故事也交換看法，直到夜半，直到白天，伊森・霍克得搭飛機回美國。

歷經「捧著一雙鞋」後，某晚與朋友的聚會裡，熱鬧的舞池上有很多人隨著現場band的歌曲歡跳著，一雙舞動得如剪刀腳的男人，刻意甩開他的陌生舞伴跳到我身旁以英文問候，一整晚沒離開我身邊，把他的桌位換到我們此桌，我無法大量以英文聊，他經過我朋友的同意讓他送我回家。但我怎可能讓陌生人送回家？可是，他的故事太有趣，我們在夜雨下一路散步、他一路餵食我、一路聊天。說這麼巧，這是他來臺出差的最後一晚，清晨與法國人視訊會議，晚間遇見我，第二天得回美國。留住我腳步的因素是他講起他朋友音樂家的故事（故事內容我忘了），也為我打開筆電唸起他寫的文章（內容我也忘了）。那是感性的抒發，第一次（不是唯一的一次）有人專為我朗誦文字，我卻堅決地讓他與我保持距離，不想成為陌生旅客的筆下名單。（朋友第二天告訴我，當晚開車路過時，看到我在傘下擋開他靠近的手。）

清晨後，返回他旅居、我們幾小時前相識的、有舞池的大飯店，一樓大廳內陳列極為豐富的上百樣早餐，但我們飽足得只能小小吃喝一點點，他帶著十足傷感的臉色與口氣說：「現在，妳對我的印象是0，會不會下次見面是負分？」我沒回答，思考這番的表情大略只有演員可堪比，也無法丈量分數。他訝異我從他第一句與我交談的語調裡聽出他來自哪個國家，我想，這就是敏銳的直覺吧，並不難。

餐後，看著他在飯店住宿飲食的消費帳單多羨煞人，有他名字的發票給了我（即使中獎，我也不能領獎吧）。行李置入即將載他去機場的豪華專車，去機場前，他與司機先送我返家（多像電影《愛在日落巴黎時》（*Before Sunset*），但我只讓他送到社區大門後方），依然情深模樣地叮嚀我：「回家後關掉筆電與手機，好好多睡點。」與我約定的旅程是下回帶我到另個國際城市遊玩。我幾乎是一轉身就忘記他的臉孔（慣性臉盲之外，也無法與人單獨旅遊），刪除他的電話號碼地址與名片，只記憶住深夜與清晨，以及最難忘的那雙快速交疊舞步的腳。原來呀，他曾踢過足球。這是因《愛在三部曲》的書發行與電影重新上映而喚回的記憶。如果，我留下更多；如果我願意給機會往來？故事會類似或不一樣？

雪中行：第一次遇見她是白天，她為我們解說城市歷史與如何保護凍僵的腳。在步行與聲調中，又是很神奇的直覺竄入我腦裡。當晚的宴席裡，以及她停在門口與快速離開的腳步，雖沒聲音，我卻「讀」到非常敏感又動人的「聲音」。那是極為少見的，深具護衛的「心」，沒忘記她的圍巾如何為我保暖。時過一年後，她寫信告訴我「她的歷史」，我真是沒有讀錯。謝謝她在我身體受風寒的時期，要求我拍攝每日餐點的照片，長達數個月，不厭其煩地每日數餐，隨時遠距檢視我的飲食正不正常與是否夠營養。是這樣的關注，使我逐日恢復健康。

浸潤血色的蒼白

近期因緣多次展讀阿赫馬托娃（一八八九—一九六六）發表於一九一一年的詩〈深色面紗下我緊握雙手〉（*Сжала руки под тёмной вуалью*）：

深色面紗下我緊握雙手……

「為何今日妳臉色慘白？」

——因為我以浸潤過苦澀的悲傷
將他灌醉。

我怎能忘記？他踉蹌地走了出去，
嘴角痛苦地扭曲……
我未扶欄杆，急奔下樓，
隨著他到了大門口。

我喘息著吶喊：「那都是玩笑。
你若離去，我會死去。」
他漠然冷酷地微微一笑，
對我說：「別站在風口」

每回讀每回升起畫面，少少的字數裡，有多麼強大的情境呀，簡直可以成為一部小說、一部電影，牽繫得讓人咀嚼多番的愛情味，尤其是「別站在風口」，是爭執後的體貼。而愛情能不能繼續已不是最重要的了，讓滋味留在原處。

動情謎情的延展

對於美，我著重於眼神、手、腿、聲調，尤其是個性，也可能是突然間的「心動」。結集的十三篇小說中，有十一篇發表於皇冠雜誌、中央日報、工商時報、人間福報、聯合報。「遠古」自二十世紀的有九篇，兩篇源自二十一世紀受邀發表的文章，另兩篇沒發表過。

更沒想到筆下運用的夢境，多年多年後在某些著名電影裡看到類似的神祕劇情〔如二〇一七年獲得柏林影展金熊獎的匈牙利電影《夢鹿情謎》（*Testről és lélekről / On Body and Soul*）〕。夢，的確可以構築不可思議的情境，藝術創作者具有相似的空靈特點。書中附錄三篇影評與小說選題可以結合，氣血的形容瀰漫在此書的創作意象，都是寓意。

寫作是為了與你／妳相遇之外，也是遇見無數個自己。

在風尖上的呼喚

行過人生路，尤其是目睹生生死死死生生後，也在夢裡感受生活面不輕易表現出來的情緒。

那麼，說到底，我信仰愛情嗎？信！卻不是多數人認識的愛情。愛情，比較像是流動的雲，不該隨意被限制住。腳很性感很粗礫很私密，鞋只是包裝。希望有天，可以把奇異的神妙的情愛換個方式書寫，讓這些情，走出來——**散散步**——至於是不是愛情，由讀者判讀。

不敢言說不敢立志自己的「路」，就像是從不敢認定自己是影評人或作家（這只是表徵），只要能書寫就是幸福，是走在邊緣路上的幸福。

當年寫沒幾篇愛情小說後，又開始想寫更嚴肅或好玩的作品，如青少年小說與繪本。發表後，轉向他方，繼續另一吸引我的文字方式。不是把文字當玩具，而是自己太像風：

不想陷溺，是逃離
猶如乘風
風尖上必有隻我認定的老鷹
正飲著歡欣的　淚
以　一隻　鞋

注：如某些電影放映結束後，別走開喔！還有精彩片段，請看〈作者謝詞——石頭滾動的際遇〉，是致謝是致敬！

目次

繡花鞋的約定

訂婚後的第二天，她遇見他
注定了今生唯一的等候

「這人很有意思！跑遍了臺灣各角落不算，在美國念了五年書還沒拿到碩士學位，成天提著相機往歐美跑。」她的未婚夫先是這麼介紹他。

在約定的餐廳裡，她，看見了他，一個背相機的人。肯定是他！身高大約是一百八十二公分，壯碩，蓄著基努・李維式的平頭；或許是體質，也或許是長期走在陽光下；更或許是天生的自信，透著紅光的面頰，首先吸引住她的目光。

他，大邁步往這桌走來，見著了她，竟露出靦腆的笑容，搔著短髮，擠不出半句話。倒是裝著相機的背袋撞著了桌邊，才提醒他坐下來。

她的未婚夫為他倒上一杯啤酒：「喝了酒，他的話匣子才會開，見聞多得可以出上幾大冊的書。」

他一口氣喝乾。不知是解渴？壯膽？還是天性？酒入喉頭，乾淨俐落。軍旅世家，行止就像北方男子。爸爸隨軍隊來到臺灣，回鄉的夢日行遙遠，原本是暫居的臺灣，已成生命中最緊密的住所。在臺灣，爸爸是外省人；在大陸，又成為人們口中的臺灣人。於是乎，爸爸不得不隨著臺灣籍的妻子成為臺灣女婿，終生定居。他則在隨爸爸回鄉探親後，又依著爸爸年少的軌跡遊走大陸許多省分，越走越疲憊，軌道成了岔線……藉著出國留學，他又踏足歐美……手中的攝影機，永遠只記取他所能感受得到的。

酒，是父子飯前的開胃儀式。

她的未婚夫溫儒厚道，爸媽來自中國大陸南方，所以喝茶。

一酒，一茶，構築他們的男性世界，互不影響。

「等等，我先幫你們拍照。」他取出相機，站起來，熟練地揀選最佳的位置。驚愕地在鏡頭內認出這張臉：她的側面。

按下快門後，問她：

「妳去過布達佩斯？」

「你怎麼知道？」她轉頭看身邊的未婚夫，未婚夫搖搖頭。她笑了：「你也在那裡？不會這麼巧吧！」

「妳在弗洛斯馬提廣場（Vörösmarty tér）的一家咖啡屋。」他一邊說著，一邊觀察她的神色。是她！布達佩斯的東方女孩——

那天，他依然背著相機，在廣場四處掠景，鏡頭內飄入一抹綠。尋找，是一雙有細帶纏繞腳踝的湖綠色高跟涼鞋。他好奇於這雙鞋子的主人一定有雙傲人的腿才能這麼穿法。但是，鞋子的主人似乎有急事，一路輕奔，奔向何處？他移開相機，看到這女孩的背影：身姿雖不頂高，一雙腿卻是勻稱修長，尤其是對自己的腳丫子必深具信心才能穿上這款鞋。一襲湖綠色短褲裝的左肩衣襟連著一疋同色質的長巾，飄逸出塵，猶如西湖邊的楊柳。楊柳似乎只在西湖才顯出寧靜致遠的風格。

正待調整相機為這身背影留駐早春的氣息，卻已不見蹤跡。他懊悔自己少有的駑鈍。走著……走著……在廣場邊一家落地長窗咖啡屋反射出一道綠光。他又看見那雙鞋子，桌底下有兩雙女孩的腳。為了避免自己再次疏失，他寧可架起相機，沿著那雙綠鞋，由下往上攀升鏡頭……見她凝望街道，左手卻不停地輕撫杯緣。詭譎多變的橙色夕陽投射在玻璃窗上，她過肩的波浪式長髮也閃著光，吸引了他按下快門。

「當時，你……拍了嗎？」她問。

他不語。他一向知道自己要的是什麼。

「捕捉到了嗎？」她語帶玄機，總是忍不住天性裡偶爾地調皮。

「啊？什麼？」他又喝下一杯酒。

「我請人幫我們三人合照一張吧。」未婚夫忙請侍者過來。

「我坐中間。」她說。

侍者以他的相機為他們三人按下快門。未婚夫仍是一派斯文，正推著鼻梁上的鏡框；她愉悅地閃動明亮的大眼，和快門的光速賽跑；他一臉端正。

「妳到布達佩斯玩嗎？」他問。

「那你又為了什麼去布達佩斯？」她反問。

他又倒了一杯啤酒才說：「研究當地的建築。」

「妳聽他亂講。」未婚夫開口：「他研究歷史。」

她驚奇地看著他，血性男子研究歷史。在浩瀚歷史的國度裡以相機為自己先行開啟一把又一把的鎖。

「匈牙利地處東西歐和巴爾幹半島的夾縫中，在西元十三世紀遭遇過精悍的蒙古人入侵，歷史充滿了動盪、傷痕，環境使得許多匈牙利人一生流浪異邦。不過，他們的文學、音樂獨樹一格，就連布達佩斯的咖啡也很有名。咦？妳該不會是專程到布達佩斯喝咖啡的吧！」他突然問她。

「我還以為喝咖啡要到巴黎。」未婚夫說。

她笑而不答。的確是喜歡喝咖啡，一早起床，香濃的咖啡味，有助於她的不只是提神，更具有浪漫的情思，幫助她工作時源源不絕的靈感。

茶、咖啡、酒，是他們三人對飲品的選擇，能有所選擇嗎？她不禁這麼想。

她好想脫下高跟鞋，以鞋子承接他的酒，喝下。

看著他連喝了三瓶酒，光這麼看，也會醉嗎？過了三天，他揿鈴；門，卻是她開的。

他有些不知所措地問：「他在嗎？」指的是她未婚夫，也就是他的朋友。

「先進來吧！他去辦點事，順便買些吃的，想找你到家裡吃飯。」她將門大大地敞著，等他入內。

她輕輕闔上門的喀答聲，猶如他相機上跑動的快門，他才驚見自己已然進入屋內。

「喝點什麼？」她看出他的不安。

「有沒有啤酒？」

她笑著走向冰箱，取出一罐，遞給他。

幾乎是迫不及待地喝下半罐後，他才開口：「我把那天拍的照片洗了帶來。」

「包括咖啡館的嗎？」

他愕然，心想，以她的靈慧，豈不看出他的心事？

她看著三人的合照，現出一絲苦笑。

這方才十六坪大，隔成一房一廳一衛的小空間，的確讓他不安。他瞥見了臥室獨特的色調、湖綠色的床裙，再一溜，已到她的腳跟前，竟是一雙平底繡花鞋，也是湖綠色的。

湖、綠，多麼明亮、深沉的女子……他想，口中卻是：「妳不都是穿高跟鞋的嗎？」望著繡花鞋，幾乎不敢抬眼看她。

「見了你之後才打算把高跟鞋丟掉。」她半開玩笑地說：「軟鞋才方便四處行走、浪跡天涯。」

他一口氣喝掉剩下的半罐啤酒。

「你想嘛！在家裡當然是穿輕便的鞋。這些天我還在整理這間小屋呢。」

他勉強笑了一下，走向門口告辭。

「別忘了七點前來吃晚餐。」她大方地提醒。

當晚，他依約前來，大談歐美之旅。

「去過那麼多地方，你最最喜歡哪裡？」她的未婚夫問他。

「臺灣！」他回答後，篤定地喝下一杯酒；飯菜，居然吃得很少。

她刻意把一盤芹菜魷魚推向他。

他繼續說：「你忘了？我每回回臺，總要騎著摩托車到處跑。」

她起身去端湯。手斜了，湯輕灑了些在右腳的繡花鞋面上。他眼尖，見了，迅速拿起桌邊的面紙低頭想為她的鞋擦拭，卻撞著了她也正低下的頭。

「你了解女人鞋子的歷史嗎？」她問。

「當然不懂，或許……妳可以教我。」

「燙傷了沒？」未婚夫關心地問，眼底卻瞟向他：一貫灑脫不羈的人，竟滿臉急切；而未婚妻的眼波含著醉意。今晚，喝任何東西都會醉嗎？未婚夫悶想。

這夜，她趁未婚夫沐浴之際坐在地上，靜靜觀看已歪躺在沙發的他：面部樣態清秀中透著剛毅，鼻梁直挺，緊閉的雙唇卻斜掛一抹微笑，夢到了什麼？將軍！

心底的話一冒現，她才心驚：原來，他是她心中的將軍。

將軍像個孩子，安然睡著，臉頰紅潤，她不由得俯身靠近他。就著麼輕輕一吻，會不會驚醒他？她終究克制住自己。

「走吧！我送妳回去。」是未婚夫的聲音。

她早已坐在另一頭的單人沙發，換下繡花鞋。

是在他回美國的前半個月吧！她獨自到他家，深呼吸，以畢生之力揿了門鈴。是他，半驚半喜地搔著平頭。

他依言。就著這情景讓她回到那夜，她想圓夢。

「那晚，你睡著了，躺在狹窄的沙發上，神態……讓我想……」她無法繼續說下去。

他仍緊閉雙眼，面色更紅潤了。她的鼻息如此靠近他……終於，她把自己因緊張而乾燥的唇，輕輕地輕輕地，以飛快的速度掠過他的右頰。站起來，離他有五步的距離。

他的眼皮與內心交戰。血液向上奔竄，使得他的眼皮更是沉重，久久無法張開。嘆了口氣，**輕輕地，只有她的心才能聽到**。

他舒緩了雙眼。

她靈敏地察覺他似乎有淚，然而她不道破。

不須道別。她消失在夕陽下。

他取出身後的小相框：一道夕陽穿透玻璃，反影出長髮剪影。索性起身，將百葉窗格緊閉，阻絕了絲縷般的夕陽。

她鼓起勇氣：飲下一小杯Gin，試著改變自己一生的飲品。

她鼓起勇氣：面對未婚夫，取下訂婚指環。

「是為了他吧！」

她不訝異未婚夫的敏銳。

「好久沒他消息了，給他電話也不回。我……不勉強妳，但是，在妳做最後決定前，我仍然在這裡。」未婚夫沒有收下這枚指環。

是為了他！

是為了他！

她得試著碰運氣：就在他出國的前一天。

她試試運氣：進了電梯，直到九樓。電梯門才一打開，卻見他立在門口。她驚喜莫名。心想：運氣真好！

他推她入電梯。

心中的話萬千，卻不知從何說起，她只盼電梯下降的速度放慢、慢……她依戀這方僅有她兩人的小空間……「等等，你欠我一個。」她抓住這念頭。

他真是懂得她。

感覺到一隻大手擁著她的肩靠向他胸懷，然而，她四肢僵硬。旋即，他還給她一個吻，在左頰。她羞得低下頭，忘了一切，好似一片葉子不經意掉入湖裡，航向何處已不重要。

「不送妳了，我……走了！」

「不！等我……」話還沒講完，電梯門已關上。

「小姐！妳喊我嗎？」管理員問她。

「不！我喊我朋友。」她看到電梯數字顯示在9。

「可是，剛才只有妳下樓啊！」

「不！他在電梯裡。」

「是嗎？妳朋友住這裡嗎？」

「是啊！十三號九樓。」

「李家？」

「嗯！」她笑著直點頭。

「李家剛辦喪事。」

「是誰？」她莫名地恐懼。

「從美國回來的兒子，三天前出了車禍，當場……哎！李家就這麼一個兒子。」

像是一道重力閘門，轟一聲關上，拔掉所有的電源，只留她停格在某度空間。黑，通向無邊無際……她，暈了過去。

隔了一星期，她才鼓足勇氣，特意穿上布達佩斯之旅的湖綠色高跟鞋撳了那個鈴——想起他們之間曾有的對話——

「為什麼穿那樣的鞋旅行？」

「和當地的女性朋友碰面前，突然在商店看到的，就迫不及待穿上它，跑去咖啡屋。」

「也是我第一次看到妳……」他的聲音好輕、好輕……是對著自己說吧！

面對他的遺像：紅潤的臉、挺直的鼻，她在心底輕喊了聲「將軍」！從皮包取出一隻繡花鞋，是左腳的，放在案前，上香默禱：

「我真希望讓你永遠欠我一個。

既然能來看我，答應我，

帶著這隻鞋來找另一隻，讓它們會合吧！

答應我！

這是我倆的約定！」

案前的燭臺輕濺出一滴燭油，在鞋內，沒人瞧見。

細帶絲絲纏繞，不在足踝，是在心底……

鏡頭下的相遇，讓她

開始了今生唯一的等候

鞋跟的祕密

叩，叩，叩，他用力踩踏著鞋跟，那聲音像是一句又一句的控訴：「妳將永遠是我腳下的……腳下的……腳下的……」

打從陳彥一到這家綜論性雜誌社報到前，辦公室即流散著耳語——

這傢伙很有來頭！

難不成是高官子弟？

都不是都不是，他是工作狂、拼命三郎，早年在電視臺闖出些名號。

結果惹出是非遭遣海外，是吧？

什麼是非？

這些猜測之言像是乒乓球般，你一來我一往，就是沒個定論。

「老總早！」

這聲招呼穿透了早晨的迷霧，流言向四處隱蔽，取而代之的是一連串的問候。

「早！早！大家早！」總經理笑呵呵地，從不端擺架子，辦公室總是充滿朝氣。有朝氣才有戰鬥精神，這是老總的名言，他一向只看工作績效，不在乎上班規章。甚至於怕員工肚子餓了跑不出靈感、交不了卷，開放式廚房備有咖啡、茶、餅乾、泡麵，很愜意卻又不隨便。

五短身材的胖老總身後是一名頎長男子，氣宇軒昂，該不會是……好奇的一道道眼光穿越老總，匯聚在這名男子身上。

「他就是陳彥一先生，今天起加入採訪陣容。」老總仍舊漾著笑臉，只是這張臉像是身懷至寶，卻又不敢太恣意展示。

「請各位多多指教！」陳彥一透過鏡片的眼神一一掠過同事，態度穩重老練。就在陳彥一轉身隨老總走向辦公室之際，同仁彷彿領會陳彥一的氣宇來自他瘦長的身子，那挺直的背脊，將豎起領子的皮夾克穿出一股寫意自在，尤其是走路時叩叩叩的鞋跟聲，更教人無法不注意他，他到底是何方能人？

本事是什麼？在同業間跳來轉去？「等著瞧吧！看看是不是遠來的和尚會唸

經。」李峰從鼻間冒出這句話。

從這棟現代化辦公大樓的玻璃帷幕往外望，簡直看不到半顆星，臺北東區的夜燈妝點出城市文明的妖冶。夜深了，陳彥一獨倚在窗邊，刻意熄掉所有的燈，僅見指尖的紅光微弱地呼吸——他只在夜間抽菸。這時的夜景讓他想到了紐約。為了在異鄉立業，獲得該有的地位榮耀，別人工作是朝九晚五，他是十六個小時拼命工作，職位越升越高、辦公室越換越大。但是，冬天的那股冷勁，讓他不由得從腳底冒寒氣，總得俯身安撫足踝。

「冷嗎？忍著點！我可以毫不費力地帶妳遊走天涯。不不不，是踐踏！是踐踏！每一步，每一步都是踐踏！」他踏踏鞋跟，滿意地笑了。

成天跑立法院，在幾棟大樓間轉來轉去，寒暄、打探，鮮事一籮筐，卻也無聊至極。倒是，他出眾的儀表總能贏得信賴。跑新聞對他來說，一點也不困難，只不過是另一件工作，混口飯吃，寄錢到紐約養活家人、付房貸……。

最近雜誌社新進一批人員。唯有這女孩能使他在寫稿時分心，頻頻抬起眼來望向另一頭，偶爾拋給她一個微笑，偶爾蹙眉冷眼——她濃眉大眼，加上堅毅的下巴，眉宇間淨透著初生之犢的氣勢，多像當年與他在校園裡相遇相戀的女孩宇帆。

陳彥一走向影印機，故意繞到她身邊，停頓了一下，又以他一貫的沉穩步姿前行。女孩，張娟一，怎不察覺！她也正以眼角餘光攝獵他——陳彥一，並不帥，四十多歲了吧！身材卻保持得很好，白襯衫領子翻飛，像是隻花蝴蝶！張娟一不能否認陳彥一的確深具魅力，是神祕氣息吧！

「嗨！今天愉快嗎？有什麼問題儘管找李大哥，okay？」李峰拍拍胸脯，眨眼得意地笑。

李大哥？自稱大哥，什麼嘛！張娟一敷衍地笑，隨即低頭疾書。什麼嘛！一臉猴急樣，怎能和陳彥一從容的神態相比擬。她突然對陳彥一起了好感。只是好感，不代表什麼。張娟一提醒自己。

「娟一，從明天起，妳改跑立法院。」胖老總不知何時出現，丟下這句話，張娟一才如夢初醒。天呀！上班一個半月換了三條線！還沒適應，又要陷入陌生的戰場。想到這裡，無法再寫稿子了，輕擲筆，嘟起嘴巴子，輕湧出的水珠在眼眶內圓滾滾轉動著，似乎隨時會低淌下來。張娟一吸吸鼻，似乎想將淚水收入眼囊，不能在辦公室丟臉啊！張娟一不停地在心裡告誡自己。

「娟一，加油啊！妳和彥一不只名字相近，對工作的敏感度和衝勁，也很像當年的彥一。」

老總又補上這句話，反而讓張娟一不知該哭該笑！倒是李峰的眼神突然渙散。還立在影印機邊的陳彥一看在眼裡，不知是於心不忍，還是時機成熟，他終於走到張娟一身旁，第一次和她說話：

「下班後，我請妳喝咖啡。」

還等不及張娟一應允，陳彥一已回座，又是同式笑容，張娟一不由得呆了。

下班，兩人很有默契地單獨走出這棟辦公大樓，是避人耳目吧！張娟一不希望有辦公室戀情的小道消息困擾自己。一前一後走了一段路以後，確定安全了，陳彥一才走近張娟一。

沒想到他真高！張娟一像是裝了雷達悄悄掃描他：人高，還穿高跟的靴子；身披長式風衣，衣領直豎，更顯瀟灑。晚風傳輸粗邁的古龍水味，這是不討人厭的怪人。張娟一居然有些高興走在他身旁。

陳彥一叩！叩！叩的皮靴鞋跟發出老成的步調，灰撲撲的靴面像是一副踏遍全世界都可抵擋的態勢。

「到這家好嗎？」陳彥一指著巷口邊的精緻小咖啡屋。喝咖啡首重情調，張娟一不由得微笑點頭。

「原來是妳接我的線，可見得妳有潛力，老總欣賞妳，有意磨練妳。」

張娟一聞言驚詫。

「妳別擔心，我會帶妳上線兩天。」

「那你……」

「我轉調總經理特助。先別說，免得又有閒言閒語。」陳彥一微笑的雙眼透過鏡片，閃著異樣的光彩。「跑立法院，妳只管實話實說，不要光跑記者會或者看大事件，多留意小細節，不要被表象影響，妳會發現更多。其實很有趣的，會讓妳快點長大。」

張娟一瞪大雙眼，不知該說些什麼。

「妳！小女孩！幾歲了？」

「多不禮貌！」

張娟一嘟嘴表示不滿。這副稚氣模樣，讓陳彥一笑出了聲。

「你以為我多小？我已經二十好幾了。」張娟一紅著臉。

「二十好幾是幾？」

張娟一索性不理他，低頭猛吸咬果汁杯內的吸管。陳彥一又是一陣笑，為她的稚氣，也為她點的是名為「十全十美」的果汁而笑。十全十美，也只有小女孩才相信。張娟一貌似宇帆，卻沒有宇帆世故。

「我們都是老大。」陳彥一找話說。

「什麼意思？」

「彥一、娟一，一字應該就是在家排行第一的孩子吧！如果我沒有搞錯妳名字的緣由，那我們可真是有緣啦！」

張娟一默認。

「走吧！我送妳回家。」

飲料喝完了？還是遊戲伎倆？話題正上揚，他就打住，擄人心的作法嗎？張娟一搖頭不解，隨他走向街道。

「住哪？」

「往前五百公尺。」張娟一指著前方。

「那更好，我們可以邊走邊聊。」

張娟一仰頭看他，好怪的男人，有些浪漫、有些狡黠，又有些真誠。也好！夜間散步有種美感。管他什麼採訪路線，不都是靠一雙腿、一張嘴、一支筆跑出來的嗎？

「心，」陳彥一突然說話。當年是自己不夠用心？還是宇帆根本沒有心？這是他多年未解的習題。

往事再次如蟲卵般鑽進心窩腦海，萬般鑽洞，令他下意識拉高衣領——既冷又痛！從當年冷到現在，痛到現在——

「和你在一起沒有安全感。」記得宇帆是這麼說的：「你是個沒根的人，沒親人、沒家人不是你的錯，但你就是沒根的人。」

「為什麼以前不覺得？」

「和你在一起的確很愉快，但相處越久，我越會想到我爸爸。他當年拋下我們母女，失蹤了！他在臺灣沒親戚，我們注定找不到他。一個人就這麼突然沒了、消失了！」宇帆的聲音發抖。

「我不是妳爸爸，情況不同。」

「不！我怕！再說，你不夠實際，我不認為你能夠給我無憂無慮的環境。」

三年的交情居然毀於無根！什麼才叫做根？

回憶過往，使陳彥一的鞋跟不再發出聲音，呆佇街頭……

張娟一也停下腳步。這中年人到底想說些什麼？

「用心！跑新聞除了技巧、勤快以外，最需要用心，別忘了我剛才跟妳說的，多注意小地方，就像拼圖，慢慢地，妳會拼構出完整的圖像，串連出許多值得報導的事。」是嗎？陳彥一其實也不敢肯定。

張娟一感激地猛點頭，平日的驕氣消了大半，她決心好好學習。

不多久，張娟一已摸索出採訪要領，即使是不上班的日子，她也樂在工作，沒適合的地方寫稿子時，她會獨自留在辦公室內趕稿。這夜，她回到辦公室，咦？門怎麼沒關，有人嗎？可是沒開燈啊！有小偷？這個念頭一起，立即寒毛直立，卻又不願退卻。眼見右前方有稀微的紅光陷溺似地閃滅，嗯？有股菸味。她壯大膽子，放沉聲調喊：「是誰？」

一個身影走向她，她本能的倒退靠向門邊，藉著辦公室外的公共走廊搶來一道光，上下瞧這身黑。

「是我！希望沒嚇到妳。」

陳彥一啪地一聲扭亮了大燈，亮晃晃地讓兩人一時瞇起了眼適應突來的強光。

啪地一聲，又回復一室的黑。

「妳過來看。」

張娟一走向他。原來他打開窗俯瞰窗外，一截短菸燙到了手指，他趕緊就地捻熄。他就為了看這夜景？張娟一不解。

「你在想家人？結婚了？」張娟一猜測。

陳彥一搖頭又點頭，繼而補充說明：「我是結婚了，不過不是為了這個原因上這看夜景，我是為了躲避才回臺灣的，很可笑是嗎？為了躲避，我去了紐約；為了躲避，我又回到臺灣。」

「是為了兩個女人。」張娟一出於女性的直覺。

陳彥一回頭定睛看她：貓樣的女孩，竟穿透我的心思。女人都像貓嗎？聰明滑溜，永遠都知道自己該待在哪裡。

「我不想聽你的故事。」張娟一不願無故介入他人的世界。

陳彥一伸出右手掌托住她的後腦勺，撫順著她的直長髮，將她拉近自己身旁。張娟一出奇地鎮定，心想：搞什麼把戲！

又是那股古龍水味，他輕呼著氣，一陣軟風似地拂過張娟一的髮、額、眉、眼、耳、頸，像是情弦的撩撥，又像是風語的低訴，張娟一不覺屏住了氣，半閉雙眼，享受那股屬於男人的氣息。

宇帆，妳別想化身誘惑我！陳彥一踏踏鞋跟，霎時止住了那股氣息，才說：「我送妳回去吧！」

「要回去，你自己請便，我還有事要處理呢！」張娟一沒好氣地說。

「好吧！那就各做各的。」

啪一聲，張娟一用力地開啟電燈鈕，只見陳彥一仍是平日的調調，踱到窗邊繼續他的大夢。怪人！張娟一在心裡不住地嗔唸。奇怪的是，這背影迥然不同於白天，此刻散發的信息滿是落寞滄桑，但仍孤傲地挺立。

「妳不走，我只好先走了。」

張娟一頭也不抬，淨顧著打字，電腦螢幕上出現一排字：怪人！怪人！怪人！……

叩！叩！叩！在夜裡聽來像是控訴聲，大約只有冷寂的公園可以為他傳訴，一聲又一聲一聲又一聲……這聲音直延宕到鵝卵石步道邊的木椅處。陳彥一緩緩坐了下來，皮靴子仍不住地輕叩石子。

妳知道我回臺灣了嗎？陳彥一脫下兩隻靴子，左右扭轉特製的鞋跟，扭開了，各取出一張裁剪小巧的照片，同樣的照片。前方的街燈無法聚光在相片上，陳彥一就著陰黑輕撫照片——妳知道我回來了嗎？如今我有高收入的職業、有家有太太、有兒子有女兒，我很用心地耕耘，凡事不都是要用心的嗎？用心！我用心讓自己在媒體曝光，讓妳發現我，卻又很快地失去我的蹤跡。我不會讓妳真找著了我。懲罰妳！懲罰妳！誰教妳當年離開我。妳將永遠是我腳下的、腳下的、踩在腳底下的……我只想帶妳遊走天涯。

陳彥一痛苦地親吻照片，照片上的那雙大眼睛在夜裡更形水亮亮。「我多希望妳在我身邊啊！如今我是個有根的人。」陳彥一不自覺地說出了口，被自己的聲音嚇一跳，匆匆將照片塞回鞋跟內。這是他的祕密武器。

一個有根的人，卻注定東飄西泊。

「陳彥一又忽然離職了！聽說他每隔幾年就回臺一陣子，然後失蹤。」一早的熱門消息喧騰著，讓張娟一呆傻了眼。

「我說嘛！遠來的和尚還是得回去他的地方。」李峰精神抖擻地說。

「臺灣本來就是他的地方啊！」也有人這麼說。

陳彥一是何方人？不重要了！紐約、臺北，還是其他都會……去他的！

張娟一在電腦上打了這行字，並且在右下方繪出一雙高跟男士皮靴，**靴面，斑痕累累……**

夢裡的高跟鞋

高跟鞋店總是在施施淺睡狀態中出現，店裡的鞋各式各色琳瑯滿目，比她這輩子親眼所見還多，她樂得穿梭其間，就是從來沒有試過。

為什麼不試試？

是名男子的聲音，可就看不見人。

誰？是誰在說話？可以試嗎？怎麼試？夢裡，她看不見自己的腿，然而，她還是不停地遊走在這店裡，沒人呀！

為什麼不試試？

又是同樣的聲音。誰？是誰在說話。施施有些驚恐，整個人像是被抽離至店外。「是誰？誰……」施施被自己大聲的呼喚喊醒，坐直了身子，驀地，碰觸到自己的腿，啞然躺下，淚水汩汩而出。

「怎麼了？又做夢了！」姊姊施然披著散髮進來，憐惜地問候施施，「又是同一個夢？」

「姊，妳想這個夢的主角是鞋店還是隱形人？」

「都是！不過真正的主角是妳！」施然講話有種令人著迷的魔力。

「什麼意思？」施施側著頭不解。

「因為，在夢裡，妳是主宰人，這店屬於妳。」施然換個舒服的坐姿繼續說：「妳可以在夢裡來去自如，享受這感覺吧！還有，下次不要被那聲音嚇到，妳試著去找，找出那個人。」

「可以嗎？」施施很懷疑。

「我也不確定，不過，妳既然經常做同一個夢，總可以放膽去試試。」

施然拉開厚重的黑色窗帘，像是天地初開的第一道陽光湧進施施這間小臥室，黑色的座椅旁是兩支連著鞋子的鐵架，二十年了，施施總覺得穿上兩支鐵架，就像是兩支筷子的使用人，蹣跚地撿拾不圓滿的生活勉強維生。房內最搶眼的算是床頭的一只香皂——**灰姑娘仙度瑞拉的一隻乳白色高跟鞋包裹在晶藍的橢圓形香皂裡**——浪漫的晶藍色象徵亮麗的夢吧！只是，施施的夢想與仙度瑞拉不同。

姊姊施然二十九歲，三年前離婚，沒有子女，算是了無牽掛，與唯一的妹妹施施相伴。總愛在頸後紮起髮束，一貫素白的衣服，腳踏球鞋或便鞋，在市場裡租的小攤位經營花店，從早忙到晚，有花為伴，自己卻像株不起眼的草。

草有什麼不好？生命力強過花朵！

可是，花兒人人愛！否則妳也不要賣花了。

花有色彩，也是夢的催化劑。

是呀！如同晶藍的香皂，皂心裡藏著夢想。

這是兩姊妹常有的對話。她們是一對蒼白的女子，一個販賣夢，一個懷有夢。

施然拿起這只香皂，臉上現出光彩——

「是啊！我怎麼沒想到！施施快起床，今天姊不做生意，我們去逛鞋店吧！」

「逛什麼？妳不穿別種鞋，我不能穿，對著鞋子乾瞪眼嗎？」

施施換上一襲黑色洋裝，襟前別上一只銀白色的蝴蝶造型別針。

「妳沒見到這裡只有一隻鞋？」施施拿回香皂放上床頭，「夢永遠只能是夢，湊不圓的。妳趕快出門工作吧！別忘了，我們是自食其力的女人，我也有好多事要做。」

施施在家做裁縫，各式鮮豔亮麗的布疋代表多少女人的夢想！原來，夢是彩色的，如同施施的夢。想到這點，施施心滿意足地笑了，沒想到在兩姊妹一逕黑白的單調世界裡，她竟能幸運地一再擁有彩色的夢境。

一把大剪刀，一只紙板，施施熟練地裁剪這塊寶藍色水洗絲衣料，猶如湛藍的海岸在她眼前汪成一片，她能感覺到自己眼眶有些濕潤。一汪藍漫至她裙擺，她迅速排開，免去黑海的吞噬。

為什麼不試試？——夢裡的聲音彷如幽靈植入心底——施施拄起枴杖，花了一些功夫才站穩，依著枴杖的前導，走到穿衣鏡前，將已具雛形的寶藍布條披上身，蒼白的臉似乎染上一層亮粉，她幾乎從未仔細看過自己，齊肩的直髮覆蓋略方的臉型，沒有氣血的二十四歲容顏，唯有一對眼睛黑白分明，晶亮亮的，是成天躲在屋子裡，少惹塵埃吧！媽媽說我有雙最明淨、最無邪的眼睛，殘疾的腿會讓我對世間事世間情更具敏銳的觀察力。是嗎？施施立在鏡前端詳，想著媽媽。媽媽曾為這雙腿跑遍了醫院，夜裡自責流淚，白天總是帶著一臉的笑鼓勵施施走入人群，公園是她們最常散步的地方。

媽媽最愛寶藍色了！**我要在晴空下孕育我的孩子！**這是媽媽常說的話。偏偏姊妹倆偏好白與黑，這不也是大自然的色調。媽媽，妳說我長得最像妳，這襲寶藍色衣料正映出妳少婦時代吧！媽媽，透過鏡子我見到了妳。妳好嗎？"*Come on get happy*……" The Partridge Family不斷唱著這首令人滿心愉悅的歌。媽媽最愛跟著哼唱，媽媽，妳聽到了嗎？明天是妳生日。

媽媽總要施然、施施一起唱，快樂的情緒是可以培養的，Come on get happy.

五年前，兩姊妹為媽媽穿上媽媽親手為自己縫製的寶藍色蓬裙洋裝入殮，莊嚴亮麗，乘著藍升空，就著藍航海……媽媽的靈魂是自由快樂的。

施施決意下樓走走……就像媽媽還在的情景。沿著這條商店匯聚的騎樓，可以通向社區公園。有人說，看一個地區的商店，就能評斷這地方的文化、環境生態，施施卻瞧不出所以然。眼鏡、文具、燒餅油條、漢堡、超市、服裝、麵食，還有花店……對了！何不去找施然吃午飯。

像是找到了唯一目標，施施的心情突地振奮，腳下不覺快了起來，眼角閃過一家陌生的店，柺杖硬是停佇不前，施施心口怦怦跳，半是狐疑地往回走——拉開一半的鐵捲門內是無數雙的鞋——擺設和夢境一般，是新開設的店吧！施施環顧鞋店的兩旁，沒錯！這裡原本是童裝店，什麼時候變成鞋店？一種既熟悉又惶恐的心情，讓施施踅回：家的方向。

當夜，相同的情景入夢，只是男子的話多了玄機。

「為什麼不進來試試？」

你是誰？既然是開店做生意，就出來呀！施施心裡吶喊！

「不！我等妳進來，來參觀試穿鞋子吧！」

施施想起姊姊的話，四處遊走觀察，怎麼還是看不到人？

「我希望妳真實地走進店裡。」又是這男子的聲音。

真實？什麼叫真實？施施用力撐起柺杖，手滑脫了一下，跌回現實。現在是凌晨四點。

施然臥室的燈亮著。

「姊！」

夜裡的施施衷心感到自己很幸福，只要她一聲輕呼，媽媽姊姊總會以最快的速度回應。

「我們都在想媽媽！」施然摟著倚在床邊的施施悄言。

要以快樂的情想媽媽——The Partridge Family懷舊的歌聲輕揚——兩姊妹探向窗口仰望看不見的星空，媽媽在那裡嗎？

如同往年，她們以結伴出遊的方式為媽媽慶生。

「這是我計畫的路線圖。」

施施接過圖表不禁笑出聲：「不過就是住家的兩三條街、公園，再熟悉不過了，還要妳鄭重其事畫下來？」

「妳仔細看看！裡面標注得可詳細了。」

第一站漢堡店吃早點。

第二站花店。

「媽媽一向喜歡與人分享歡樂，今年起，每逢媽媽生日忌日，我們一早把鮮花送掉。」

「這主意好！」施施如同孩子般雀躍，「我們再別上一朵媽媽最愛的紅玫瑰。」

第三站書店；第四站公園午餐享受綠意；第五站服裝店；第六站鞋店。

「鞋店？」施施頭皮發麻。

「就怕妳累，晚上再看場電影。」施然取回圖表。

「為什麼要去鞋店？」施施下意識低頭看自己的腿。

「妳忘了？媽媽最喜歡穿高跟鞋，偏偏我們……」施然止住，換個說法：「我們幫媽媽蒐集資訊嘛！」

媽媽喜歡這樣的節目吧！尤其今天是個藍天高照的日子。

「姊，今天妳從夢的販賣者變成夢的散播人。」

是啊！在市場買菜的人，只要經過這花攤，無不笑逐顏開，拿取花的一雙手也發亮了，大不同於平日提菜籃的沉重晦暗。

這家服裝店的櫥窗，展示的幾乎都是棉麻製的白襯衫。

「挺合妳的。」施施笑著說。

「我們幫媽媽選件藍洋裝吧！」

穿衣鏡前是施施換上一件牛仔布製成的短袖長洋裝，紅衣領上特意以銀白色蝴蝶型別針扣住一朵鮮紅玫瑰花。

往鞋店前，施施的心口不住跳動。

「姊，這家店和我做的夢好像。」

「那更好！進來逛逛嘛。」施然大方地開門進入。

施施不禁瞪大了眼，陳設就和夢裡一樣，誘人的一款款鞋子真實地在她眼前，店內依然沒人。

「沒關係！我們慢慢看！」施然輕拍施施的肩膀。

「妳終於來了！」

是夢裡熟悉的聲音。施施將視線調向鞋店的內門口，男子已現身。奇怪的是，施施如釋重負，心田靜默。

「施施！我是何語人，記得嗎？」

施然驚異地看著正在思考的施施。

「我和妳曾同班一年。」

「小學五年級？」

施施簡直不敢置信！當年何語人成天有散發不完的精力，上課不專心，下課不是打球就是和男同學揪在一塊嬉鬧。

「妳一直沒參加同學會，我打聽了好久，才知道妳住附近。這家店開了三個月，偶爾見到妳經過，就是沒辦法讓妳進來。」

施施的善良讓何語人印象深刻——那年，他和朱大胖又扭成一團，氣得級任老師將他的書包扔到教室外，當時只有行動不便的施施起身走向門外，困難地拄著枴杖彎身撿起書包還給他。

「我離門口近嘛！」這是當年施施說的話。然而，就是這身影讓何語人立定志向，為施施做雙鞋子的心願持續至今。

「我早為妳設計了一款鞋子，妳和……」何語人看著施然。

「這是我姊姊。」

「施姊好！妳們稍坐一下。」

何語人自櫃臺內取出一張草圖。

「我不只會做鞋子，還特意在骨科重建院學習製作特殊鞋子，妳大可放心！來！我幫妳量腳，沒多久妳就可以有雙新鞋、高跟鞋。」

高跟鞋？這才真是做夢！施施心想。

「你喊過她嗎？」施然努力整理思緒：「我是說你看到施施經過店門時喊過她嗎？」

「不敢！也來不及開口，總在心底說。或許就是這樣，才經常夢見妳走進店裡，現在……妳終於來了！」何語人雙眼似掉入施施清澈的眼波裡。

「你們居然都做夢。」施然不可思議。

「誰不做夢！」施施、何語人幾乎是異口同聲。

怪哪！施施實在是理不清——夢可以在兩人間遊走嗎、還是現在仍身處夢境呢——施施衣領上的紅玫瑰跳落在何語人手持的草圖上。

施然彷彿見到施施衣領上的蝴蝶舞在這座由鞋子幻化而成的花園裡。

「就讓施施穿這一款吧！」施然從鞋架上取出一雙晶藍色圓頭式的鞋子，鞋跟上各有只蝴蝶。

Come on get happy. Happy birthday. 媽媽！施然在心底說。

雙軌

怎麼辦
妳有兩個男人愛妳

小天鈴最喜歡放暑假了！

每年夏天到中部鄉間阿姨家，她總一反常態起個大早，飛也似地跑到廢鐵軌處，危顫顫地走在單軌上，說是練習平衡感，不如說她享受這種刺激味，叮鈴鈴的笑聲沿著軌道串向未來……

只要是炎炎夏日，天鈴總覺得自己就像隻冬眠昆蟲剎那間遭到烈日曝曬般難受，這難受源自鄉間鐵軌早被拆了。食慾不振的結果，總是一邊喝熱湯、一邊吃冰，她喜歡這種滋味，熱冷互現，過癮極了！湯是她最愛的主食，冰點是為了消暑。

腳踏兩條船可是要吃苦噢！媽媽總愛唸叨她的吃相。這算是腳踏兩條船？太扯了！天鈴斷然否決。不過，若以大學同齡男孩相較，他們在天鈴眼裡是不冷不熱，引不起她食慾大動。這樣形容太過份了，正確形容是心湖平靜無波，想在校談場戀愛竟是不可能。在課堂上唯一的娛樂是反覆看祁麟的信——

天鈴：

猜我在哪？福建武夷山上！

聽說臺灣連續劇曾在武夷山取景，或許妳看過這裡的美景。

乘著小排筏泛九曲，每一處都有動人的傳說。

讓我告訴妳武夷山的由來：

相傳，遠古時代，武夷山幔亭峰上住了一位老人，披星戴月的辛勤開山，成了開山始祖。由於他姓彭，人們尊稱他彭祖。

彭祖有兩個兒子——彭武、彭夷——一落地，見風就長。春風吹過能喊爹娘、春雨遍灑就能站、春茶下地跑……直到彭祖八百八十歲，被召上天成仙，彭武、彭夷接下父親的工作墾山。後人為了紀念這片美山好水，於是將這裡稱為武夷山。

武夷山最著名的就是大王與玉女的愛情故事，兩人終生不得結合，被玉帝化為大王峰與玉女峰隔著九曲溪水，對望。玉女峰終年溼漉，從岩上滲出的一滴滴清泉就是玉女流不盡的相思淚……

天鈴掩信輕嘆！讓記憶庫倒轉——

一年前的夏秋季節，她和表姊相偕遊北京，祁麟就是當地的地陪。直嗓子加上濃重的北京腔，初始還真讓她有些不習慣。倒是他總愛穿中山裝，手持一把紙扇輕輕搖曳的樣態，十足文人氣。

祁麟帶領近二十名團員參觀天壇——這是明清帝王祭天、祈禱豐年之處，也是中國現存最大的壇廟——祁麟邊說邊走近祈年殿內高聳華美的藻井。

皇穹宇殿前的弧形圍牆是最讓人嚮往的迴音壁，光是將耳朵貼在壁上的動作，就具有返老還童的俏皮感。

「天鈴！」

當天鈴附耳在迴音壁時，乍聽有人以愉悅而又拔高的音調喊她。令她驚愕地站直身子，只見另一端的祁麟模糊的笑臉指指迴音壁，她只得再次貼耳──「我可以叫妳天鈴嗎？」

「可以！」

「妳好漂亮！」

祁麟這句話像是魔音傳壁，又似一團火，燒得天鈴滿臉通紅，羞得彷彿全世界都聽到了。也許，祁麟只是一句客套話，天鈴卻懊惱自己幹嘛在行前剪去一頭長髮。漂亮嗎？她摸摸一頭短髮。也許這北京導遊太放肆！她有些生悶氣。但是他的確是一名專業導遊，總耐心地齊聚團員才解說聖地風光。

為了親身體驗長城壯闊險峻的歷史意義，天鈴幾乎是忍著腳指頭包裹在皮鞋內的腫痛感，以及大腿的酸麻，和表姊互相攙扶、氣喘吁吁地努力爬上石階。

祁麟本可以在山下等候團員的，卻捨不下可以接近天鈴的機會，只要在她身後保持一定的距離看著，祁麟也就心滿意足。如果有可能，有可能不讓天鈴走得那麼辛苦，他倒願意為她脫下她腳下的負擔，架起她，讓她踏在他的腳板輕鬆登上城牆。

「居庸之險不在關而在八達嶺。」天鈴身後傳來祁麟一貫的語調。他應該是在山下等候團員的，不知何時悄悄跟上來。天鈴沒來由地又紅了臉。

「看妳這兩天都穿這雙鞋子，不舒服吧！要不，我幫妳找雙輕便的鞋給妳。」祁麟說完，蹲下身子，目測天鈴的腳丫子。天鈴本能地向牆面靠，卻無法掩藏這雙腳。她這雙棕色鞋子是一吋半的圓鞋跟，在導遊看來太不俐落。這才發現祁麟穿的是平底涼鞋，一派悠閒自在。

祁麟與天鈴表姊妹合照，再請表姊為他與天鈴拍一張照片。天鈴靠近他身旁時，才真實感覺到他的高大。就如這座牆，巍巍峨峨。而她的神態竟嚴肅得落下一層霜。太沉重的氣勢讓她笑不開。表姊倒是藉機向天鈴眨眨眼，一副盡在不言中的模樣。

卡嚓！閃光燈在天鈴左後方亮起，打斷她的記憶庫，將她從北京推回臺北的課堂上。天鈴發呆的模樣被男同學偷獵了。短裙下的粉紅色高跟鞋篤篤篤，以示抗議。

「提醒妳不要忘了校刊要的那篇訪問稿。」左後方的男同學好整以暇地說。

是啊！差點忘了早已約好的採訪。

下午，天鈴趕往知名企業公司，訪談公關藝術。受訪人李玉章是個西裝筆挺的中年男人，臉部線條剛毅分明，眉眼卻帶著笑，尤其是那對深幽幽的眸子直勾人心。天鈴心想這對漂亮的眼睛長在她臉上多好！

李玉章禮貌地帶她參觀公司各部門後，才帶她到公關經理辦公室坐下。這間壁面刷上蘋果綠顏色的潔亮辦公室，最醒目的是乳白色圓弧狀的辦公桌，有股奇異的吸引力，讓人放鬆，也讓人想專注做事。一旁是兩張布面彩紋沙發，他們就分坐在這兩張沙發上，喝著香濃的咖啡。

「只要是談到藝術，就絕對不只是紙上談兵的技巧，而是用心觀察，誠以待人，也就對得起自己份內的工作。」李玉章的雙眼始終誠摯地放在天鈴臉部範圍。

天鈴筆記重點的功夫向來一流，訪談結束，咖啡也早已喝乾。臨行前照例要為受訪人拍張照片。「李經理坐到辦公桌前拍一張照片吧！」天鈴已取出相機準備著。

「我們合照一張吧。」李玉章說。

天鈴不語，逕自拍了張李玉章坐在沙發上的模樣。

「也好！坐這裡更自然更有親和力。」李玉章欣然一笑。

他向她要電話號碼，她倒是不拒絕，故意以最快的速度唸出一串數字。只見李玉章瞳孔裡的笑意更深了。

轉身辭別前，腳跟竟然這麼不配合地拐了一下，李玉章忙扶著她的右胳臂，才穩住她的身子。她恨不得有個地洞鑽進去，狠狠甩掉這雙讓她出糗的高跟鞋，迫於實際情況，也只得故作鎮定，連聲謝謝也忘了說。

倒是李玉章天天來電問候，是低沉磁性的聲調。天鈴單手翻轉著一把尺，這是當她思考時或無聊時喜歡做的小動作。想著無法丈量兩地，甚至是兩岸的距離。不多想了！天鈴總是這麼提醒自己，順著睡意在李玉章暖暖的語調中催伴入眠，跌到夢境——

綠葉蓊鬱的長廊帶著天鈴走入寬闊無人的園林，穿梭在斷垣殘壁的巴洛克梁柱，彷彿聽到無數幽靈的嘆息，這大概就是圓明園吧！景象與祁麟寄來的圖片一樣。在圓明園裡，她找了一塊石墩坐下，才發現腳下穿的是祁麟為她買的北京涼鞋，她驚喜得四處眺望，卻見不到半個人影，感覺好孤單。

長長地嘆了一口氣之後，竟把自己推回實境：臥室晨光亮晃晃，閃耀得像是有無數個小精靈在呼喚她。天鈴掀開涼被，走到鞋櫃旁取出那雙質樸柔軟、大小合宜的涼鞋，愣了許久……就穿這雙鞋吧！這是她拒絕李玉章多次之後，第一次首肯的約會。

李玉章酷愛爵士樂，一路神情雀躍地隨著樂曲擺動車內的方向盤，輕鬆地駛向烏來山區。

離婚的中年男人，散發著毫不亞於青少年的浪漫、朝氣，李玉章厚實的右手掌穩穩握住天鈴的左手，分屬男人女孩的兩隻手令天鈴心生迷惑。

碧潭、燕子湖、巨龍山莊、雲仙樂園……李玉章沿途不厭其煩地解說這一帶的景致。「下來走走好嗎？」李玉章將車停在一處山壁旁，就像電影裡或小說中的情節，男主角多情有禮地為女主角開車門。當他看到天鈴樸素的涼鞋，眉間輕畫出問號。天鈴倒像是沉浸在天山中，閉目做一道深呼吸後，才放眼望向層層有致的山巒接連至天邊。

「『瞧』！我們今天都穿了一身黑，像不像是兩隻烏鴉？」男人語鋒再轉：「不過，是不同的烏鴉！」

天鈴為這逗人的比喻笑了！看著身邊的李玉章，的確，就算是烏鴉也是不同種的。今天李玉章一反上班時的雅痞裝，而是身著泛白的黑色T恤，更顯輕鬆、瀟灑。他是夠帥的！站在他身旁，天鈴可以明顯感覺到來自他體內龐大的磁力將她拉近他。

「介意嗎？」李玉章將手臂輕搭在天鈴肩上，唯恐冒犯了她。

兩人就這樣不說話足足站了四十分鐘，身姿像是嵌在石壁邊，佳人美景無法分割。**大王峰與玉女峰隔著九曲溪水**。天鈴的心底冒現這句話，這裡沒有九曲水，故事不會一樣的。她兀自想著來自武夷山的傳說。

終於來到李玉章在電話中時常描述他名下的度假溫泉木屋，房內陳設多樣古董式家具，從滿佈的灰塵看來，這男人已許久沒上山。

「要不要試試溫泉水滑洗凝脂的美容浴？」李玉章知道天鈴從未洗過溫泉。

在兩人獨處的小木屋裡，天鈴的腦袋搖得像只撥浪鼓，即使這木製浴盆多誘人，她也得冷然拒絕。李玉章為了避免兩人處在小屋內的尷尬，索性搬兩張躺椅到屋外，兩人吃水果、喝茶，倒是怡然！天鈴這時才察覺山色隨著流雲、天光，不斷地變幻景象。

「妳有心事？可以告訴我，我幫妳解決。」

天鈴微笑，幾乎不敢直視李玉章幽邃的漂亮眼睛，怕自己陷進去，摸不著門路出來。

「想遠方的男朋友？」李玉章的雙瞳映出天鈴腳下的涼鞋。

「怎麼辦？好多個男人愛妳！」

天鈴噗笑！

李玉章情不自禁地將輕啟的唇滑過天鈴臉頰，「可以嗎？」李玉章因緊張、因慾念而生的氣息停頓在天鈴粉嫩的嘴角邊。天鈴閉上眼，用心感受李玉章需索的深吻。忽地，李玉章耐住熱情，神情峻肅地說：

「愛情需要慢慢來，我不要嚇著妳！」

愛要慢慢來！天鈴在心底咀嚼來自中年男人的話。

車行在蜿蜒的黑暗山路，天鈴分不清情苗滋生何處，她有些擔心，而面前這巨大的黑讓她將身子挪靠李玉章。

「玉哥！我會在這片黑裡消失！」

「不怕！」李玉章空出右手臂摟緊天鈴。

武夷山離臺灣好近呀，我試著感應妳，天鈴
清清九曲茶香飄
三十六峰奇峻峭
莫道天宮花月美
更有武夷風光妙
這是滿山傳頌的歌曲，美嗎
此刻，我掬起甜津津清香的九曲水

天鈴在心底背誦祁麟的信，彷彿見到九曲水點滴在窗玻璃，吸引著她將臉頰靠向窗邊。

車子在山裡急拐彎之後，李玉章連忙踩剎車，天鈴的右額撞上窗玻璃，本就怔忡的神情更顯怔忡，李玉章憐惜地輕撫天鈴的右額，再下車，將天鈴抱往車後座，讓她躺下來休息。

天鈴的一隻涼鞋鬆脫掉落到車門邊，李玉章拎起，順道再脫掉另一隻，捧起她的雙腳在腳底深深一吻。

天鈴不知道該怎麼辦，只好在心裡默默吐息。

「**怎麼辦？妳有兩個男人愛妳！**」

李玉章黑亮亮像彈珠光澤的眼睛，讓天鈴想起童年的廢鐵軌，她總恨自己雙腿不夠長，無法分跨兩條軌道並行。所以，總是踏著有跟的涼鞋分段行走兩根鐵軌。軌道在夏天裡，發燙。

擦掉臉上的夜露，天鈴為自己天秤座的個性無法有適當的法碼丈量對祁麟與玉哥的感情而苦惱。

在軌道上失落了那雙神氣的童鞋
軌道只能存在童年的夢裡

復活記

在妳筆下，我注定與流浪、死亡聯結，妳卻忘不了我，試圖讓我一遍遍地存活、存活在妳可能想像到的地方。

好吧！做為一名妳小說創作中的虛構人物，我想和妳對話。至於我的角色被搬上螢幕，我也有我的看法。自從《我的心留在布達佩斯》播出後，有觀眾提出「我的心」是指我李荃？還是古玉芸？我記得妳臉上閃出困惑與驚喜，因為這是一個有趣的問題，這問題不似單一性，它具有互不可解、環環牽引的連貫性。

「都是吧！甚至包括我自己、導演、讀者、觀眾。」妳概括性地回答。

我與父親的流浪形式是不同的：父親少小離家讀書，在戰火下又遷徙到臺灣，從不知為什麼的就這麼被安置落戶，在多少回鄉夢碎後，依多數人的模式重建屬於自己的家園，**逃離／回家的心只敢在夢裡演練**，他的流浪與定居只是一線之隔。而我，在父親建立的家園中，依著讀書之便四處旅行，攝影機是最好的伴侶，卻因一再的巧遇與鏡頭間的魂魄牽引，悄然愛上喜歡穿綠色衣物的女孩，她以一雙具有靈性的足踝，獨步出人在異鄉的神祕氣質。回臺灣，我才知道她是好友林軍豪的未婚妻古玉芸。掙扎的心，翻覆在摩托車輪下，命脈已息，故事卻才開始。妳相信靈犀，讓我和玉芸在電梯間做一場兩個世界間的告別式，更讓我魂靈自由地再次遊訪布達佩斯：伴著心愛的旅人玉芸。但妳不願對讀者／觀眾言明我亡故後的身分是虛是實？是來自哪個世界？妳喜歡進入這故事的人，用自己的感情去解讀，意圖將我的形式當成痛失親人（無論是對生者或死者而言）的一種思念，念力沒有距離，念力補償遺憾。

或許就像父親說的吧，「人的一生，從這頭到那頭，都是在流浪。」即使死後，也是在流浪。

在我去世後，軍豪與玉芸代我製作完成一片光碟送給父親，內含父親此生與過往歲月有限的憑證：照片、信件。軍豪還熱誠地想陪我父親回鄉，沒想到導演揭開真相：開放赴大陸探親後，父親雖曾與親戚聯絡，我也陪他走過年少足跡，卻始終沒有返回老家唐山。原來，早在一九七六年，父親的父母、弟妹一大家子全在唐山大地震的天災中慘烈地失去性命。父親有家歸不得，懷抱著天大的祕密竟連母親也不知道。當然啦，臺灣籍的母親，永遠難於明瞭像父親這樣背景的人的創痛，總說：「你的家不就在這裡，這裡有老婆、孩子。」

父親也許是逃避承認這不可挽的結局。思念父母之情，怎堪在斷絕音訊默默寄望了數十年後一夕中斷？活生生的再沒有續舊緣的機會？而今，他唯一的兒子走了，女兒李晚終究要結婚另組家庭，父親注定是寂寞的。身為他的獨子，我無法深刻懂得他的情懷，更無法延續他的生命臍帶。

妳創造了我，我的生命呈現意外中的意外，然而，我不得不佩服軍豪，他才是懂得情感之人，未婚妻愛上自己的好友，卻善於分析情感的變數。他在PUB裡找到以為更換飲料就可以改變情緣的玉芸。「訂婚前，我就有預感，妳和我訂婚從不顯得高興，好像念書一樣，把必須念完的完成而已。」

那時我正在東部的夜路上紮篷，仰盡罐裝啤酒，頭一回沒法描繪星空夜色（這和我從前的旅行習慣不同），然而飾演軍豪的演員非常投入這個角色，插入一段妳劇本中沒有的對白：

「我夢見自己變成一棵樹。那是在兵荒馬亂的時代，忽然下起一陣大雷雨，老遠的，就看見一對情侶或者是夫妻快馬來到我這棵樹下遮風避雨。男人受了重傷瀕臨死亡邊緣，女人坐在一旁呼天搶地還是無法避免男人被死神召喚。終於，女人將男人葬在我樹下，並且在我身上留下刻痕。這一切都發生在我身旁，我卻動也不動，靜靜地看著他們。我不知道這個夢對我有什麼啟示或者是前因後果，可是，在夢中，我的確親眼目睹了一個分離的故事。」

分離的故事。淒絕的夢境告白以難以想像的光速進入我的血液，我在黑幕裡疾駛……

年輕的玉芸為這則斷人心弦的寓言故事流露出這年紀不該有的悲絕無力神態，卻勇於表達自己對愛情的感覺，堅定地退回訂婚戒指。

「一只戒指總不至於套住了妳。」軍豪將戒指推向玉芸，「夜深了，我先送妳回去，或許等我們找到李荃再說，他應該還沒回美國。」

我在黑幕裡疾駛……

「你怎麼能表現得這麼沉穩？」

「不是我沉穩，而是，我能把自己的痛苦再加到妳身上嗎？妳又會回頭嗎？我只要妳想清楚，妳能快樂。」軍豪勉力將嘴角擠出上弧線，「或者，我還有一絲希望吧！」

我在黑幕裡疾駛……

軍豪送玉芸返家後，獨自開車一圈圈漫無目的的行駛，關掉音響，靜靜迎接投向他的愛情變化球。

我在黑幕裡疾駛，終於明瞭這三角戀情的關係人，在妳創作中產生的異妙變化：我的確劫數難逃，避開了選擇題，徒留山谷下已乾涸的血漬，伴著這臺陪同我完成全島旅行的機車。一切都是意外。

軍豪不強求愛情卻忠於愛情，他充份地給玉芸空間。妳原本是創造一對相見恨晚無緣結合的戀人，竟意外突出軍豪沉靜磊落的性格，連我都折服了。愛情的發生或許不稀異，處理能力才是一項艱難的考驗。

一年後，玉芸仍是隻身飛往當年我發現她，而她尚不知道我的地方——布達佩斯——細細走過我走過的地方，鞋跟穩穩地叩在舊皇宮前，**她的一雙眼似乎化成攝影鏡頭，環視。隨著她的視線，我一直是在起／終點專注地對應她；而妳也正悄悄地注視著飾演我的演員，因為妳想知道，我是否灌注在他身上。**

這名妳指定的新人，事前做了不少功課和妳討論，有一場內心戲最難表現：玉芸鼓起勇氣找到我家，在我頰上輕吻後跳開。我閉著眼，心情沉重得感受這股不能、不可能的愛，言語在此時是膚淺、多餘的，演員該如何傳達我的感受？妳不希望角色以肢體語言誇張顯明地表現在觀眾前，的確是內心戲的一大挑戰。飾演我的演員是快樂的大男孩，陽光型的男孩，卻得為我表現出**愛不得**的沉重。這沉重感隱埋在劇組間，更在妳心上。

妳，孟樵：創造我的作者。我對妳才真是好奇，妳創造了我以後，益發隱藏妳自己，妳相信自己就如同孩提時代，媽媽、友人口中的冷血動物，有人罵妳，妳不哭；觀看感人的電影，妳控制著不願落淚；甚至是討厭有人在妳面前哭哭啼啼，連帶著當玉芸見到我生前為她貼身祕藏的照片而忍不住痛哭時，妳提醒導演收斂，不要在螢幕上讓哭聲蔓延……「悲痛的感覺點一下就好，讓觀眾自己體會，過多就成了噪音。」妳說。

妳始終認為最大的悲哀是哭不出來的痛。

於是，我對妳感到好奇：妳是藉著我傳達妳的感情吧！小說是最自由最安全的紓解方式，虛實並陳；再將我改編成劇，戲如人生，一切任妳安排。

其實，妳正和妳創作的人物同時空出現在布達佩斯，記得漁夫堡嗎？在一群遊客中，妳早已注意到一名老人，眼神流露寄盼搜尋著觀光客。妳一眼認定他是當地人，只為排遣孤寂，特意到風景區湊熱鬧，找個說話的人。老人若有寂寞最是難遣，妳心底盼他可別找上妳，果如所料，他已找到目標，和兩個家庭的年輕父母談幼兒，遊客耐心地與他交談，妳猜想，再不走就得淪為下一個目標，然而妳不逃……直到他真走向妳。

你們以不太順暢準確的英文隨意聊著，他談到中國，好似頗了解矛盾的世局。匈牙利幾世紀以來局勢動盪不安，先後遭到蒙古人、土耳其人、奧地利人、羅馬尼亞人、德國蓋世太保、俄國人……等入侵，卻仍保有天性的熱情，以幽默感看待歷史傷痕。他們對中國人有著特殊的情感，當地甚至有所大學設有該國唯一的中國文學系。匈牙利人常自喻是位於西方的東方民族。我記得那名老人連唱了數首匈牙利歌給妳聽，調子輕快愉悅。事後妳才知道，匈牙利的歌曲泰半隱含悲涼、滄桑。歷史的推演始終掩不住生命曾經的浪潮，光看多處矗立的雕像即知。

若不是妳得隨外景隊離開，他是可以和妳聊到天黑的。當妳禮貌性地道別時，老人依依的眼神令妳不忍，迫得妳不得不數度回頭看他，而他依然以那悲愁蒼涼的眼注視妳，不需道再見（再見的機會渺茫）、不需寄祝福（祝福在心中）。這眼神直困惑妳至今，數月了，妳才明白旅行過的地方、看過的人，最教妳難忘的竟是那名老人，他的眼神像是個值得深究的謎底糾著妳的心。妳試圖去了解那是什麼？是不是就如十九世紀匈牙利民族詩人裴多菲・山多爾（Petőfi Sándor）發表的信心宣言中的一段文字：**我的眼裡綻放最大的喜樂，常與無聲的淚珠相伴，所有悲哀，我都耐心背負，永不，永不渴盼同情。**

那名老人讓我想到了父親，他不也是一生都在做無言的尋找。

為了對我、對這故事的深愛，妳曾說，想讓劇中三名主角再敘，說說他們對彼此愛戀的心情。當時演我的演員問了：「我都死了，怎麼復活？」

「死了一樣有話說，這只是另一種表現形式。」妳當時這麼說，卻有心無力，讓我在銀河系中飄蕩等妳徵召。

當妳看到影片中，飾演我的演員沿多瑙河岸散步，對著邊上著名的雕像The Little Princess深沉凝視時，妳終於恍然，這眼神就如同漁夫堡裡的老人，也如同我。我正化為無數可能的人物走向妳，試圖讓妳明白我的隱衷：**我的寂寞在於妳**

能如何創造我，賦予我何等的生命樣態。

我知道妳鍾情我，將我化身在各種可能的創作中，一點點、一點點地漸次呈現。

還記得旅行中為妳朗頌詩句的男人吧！他因為工作之故，非常滿意於待在飽富詩意的布達佩斯郊區，像個五四時期的讀書人迎著紛飛的雪，坐在咖啡廳臨窗的座位用心感受街景與匈牙利歷史。透過他，妳才知道傳揚四方的名詩：「生命誠可貴，愛情價更高，若為自由故，兩者皆可拋。」竟是語出匈牙利人。

我隨妳在瑪格麗特島上看到一片巨大的石門，留下十三世紀蒙古人撞擊的痕跡。一二四一年蒙古大將拔都率兵以迅雷不及掩耳的速度入侵匈牙利，所向披靡，但在得知最高統治者窩闊台去世，便在一二四二年以同樣的迅捷之姿返回東方處理王位繼承問題，因而放棄入侵一年的匈牙利。

我輕撫著尚有凹痕的這片堅固石門，據傳，就因石門的確堅硬，才得以躲過戰爭的蹄踏。

火藥是古中國科技產物，最早是用來製作爆竹，到宋朝才被廣泛做為戰爭的利器，並在十三世紀由蒙古人傳入歐洲，形成世界戰場上的必用品，它可以塗炭生靈、擴充領土，卻也可以用在鑿山、開礦的建設，謀求人類的生存福祉。

而今，我好似走入十三世紀，對照古往今來人類、各民族間的政治、情感糾葛。若是蒙古人當年沒有退兵，今天的匈牙利或許就不是匈牙利，然而歷史呈現的分合本質不會有太大的差異吧！

告訴妳，你們住在Down Town旅店內的Coffee Shop，在匈牙利的共產時期是各國情報人員的情報交換處，妳可以試著想見當年各方人馬敵我難分、利益互換，或爾虞我詐的間諜戰。

妳沒去成名叫New York的Coffee Shop真是可惜，這裡是當年李斯特、海明威等世紀名人常去喝咖啡的地方，妳錯失感受這些魂靈風範的機會，我知道妳會相當懊惱的。說了這麼多，妳會不會怪我偶爾逸出妳的意念，跑到軌外晃盪？我的魂靈確實是隨妳意念現身在臺北、高雄、天津、西安、洛杉磯、布達佩斯、羅馬……但我真是自由的嗎？

當妳盡情釋放我，也就是釋放妳自己。我的心隨時護衛妳，但請妳別放棄與我對話。妳的心要細細靜靜緩緩勇敢地讀取了解自己，而我的心永遠留待妳的召喚，但我會力爭合情合理的角色，與妳做適當的溝通。

請妳取出帶子播放，找出妳創作時的初衷（我滑入螢幕內觀察妳），即使是只有妳一人獨看影片，安全得很，妳仍是小心地理性地不露聲色。不過，起碼妳已發現世事無可言盡的因緣總是擦身而過，在妳悲情的故事中，妳懂得重新給予他們振作的信心：玉芸追隨我過往的旅行足跡，心情雖不免有波濤，卻是堅定而達觀，失去了愛人，卻獲有一位知情識情的好友軍豪（我與軍豪都不是她此生的新郎）。當她到達下一站旅點西安，位在數代王朝曾經建都的城市，站上禦防軍事而建立的古城牆時，目睹寬廣筆直的道路，必能領受一番古意，而兵馬俑又將訴說無盡的故事。父親因為喪子才一併豁出早已失去親人的事實，對老年人而言是至痛，卻因痛極而得以好好檢視傷口。

請妳找出創作時的初衷，適度地釋放情感才能付出愛接受愛了解愛，去發現妳可以令人動容、令自己落淚的真性情。雖然仍不免有寂寞。寂寞總以各種可能的狀況衝擊每個人，即使是面對關係密切的親友，仍有不被了解的寂寞感，唯有透過愛與包容，或可稀釋這種似淡卻又幽深的情緒。

不要放棄與我對話，尤其是當妳寂寞時呼喚我，妳知道怎麼找到我，怎麼將我化成一篇篇的故事。

喏！在倒帶的影片中，我將要遠遊，對父親而言，又是一個不眠的夜，起床為我查看有沒有疏漏的行李，一雙旅人的鞋子醒目地在行李旁，就位。我和父親都明白，我們避免不了一站站的行走，直到找著了讓自己安心的角落。

讓我再次踏著旅鞋，上路
在妳筆下，我，定然復活

注：此篇是《繡花鞋的約定》續篇。

足繭

引爆

一九六〇年八月四日，鍾理和去世。

彼時，丁末足尚未出世，甚至還沒進住媽媽的子宮。末足排行老么，是丁家唯一的兒子。「足夠了！」若說是丁媽不願再受生產之苦，不如說是她受夠了傳子嗣的壓力。連生六個女兒，的確也夠了。

就在七名子女各自婚嫁後，丁媽突地提出離婚的請求，震驚了丁家上下：六十五歲了，決定要離開這個以她畢生精華歲月建構的家庭。

年輕時輪不到自己做主，一切聽命父母；結婚後，忙著生養孩子。丁媽並不後悔和丁爸結婚、生下這群孩子。只是，如果還有十年，丁媽想獨自生活、養自己的夢。

夢是什麼？

還不是很清楚，只想住到山腰邊種菜養雞，還可以……畫畫。

畫畫？身為丁家的人，從不知丁媽想畫畫，是她長期忽略自己？還是家人太虧欠她，從未注意她的喜趣？

想獨居，未必得以離婚來完成吧？丁爸不是不講理的人。夫妻談不上鶼鰈情深，但有一種古式的包容、了解。

其實是丁爸有個祕密情人，交往五年了，丁媽裝做不知，並非鄉愿式的睜一隻眼閉一隻眼的心態，也不是以離婚做報復，或大方以成全，只因為她深知丁爸已給了她四十六年，愛她四十一年後，分了些暮年之情給另一個女人。這也是丁爸退休後能再度快樂享受人生的來源，丁媽何忍拆穿？當初他倆是相親結婚，談不上愛戀就已共組家庭，倒也和諧共處。但太早踏入婚姻門檻，人性深處對愛的渴求，並不因為年紀的增加而消逝吧。尤其當生活漸入平定，而夕陽將西下時，總想把握一點火紅熾熱的生命熱度。

這反倒成為丁媽的祕密似地。

祕密，是有分別性、保護性、成全性的意義。丁媽試著說服家中各成員，還打趣家裡的唯二男子要負起照顧丁家女人的責任。丁爸則更要加油尋得老伴四處遊山玩水。丁爸說不出的滋味，他想懺悔、招供認罪，卻又提不起勇氣，只能囁嚅地說：「妳不就是我的老伴？」

放膽追愛吧！有多少人的心中藏了這句祕語？

理和與同姓的台妹姊為愛私奔他鄉，到過滿州、北京，又回到美濃，如果沒有帶點衝動式的勇氣，他們的故事將改寫。追愛，理和另一個永恆的戀人是文學，不斷地寫作、投稿、被退稿。如果不是愛，何以為繼？如果不是台妹地母般的強韌毅力，怎麼將家事撐持下去？

末足陪丁媽參加笠山文藝營，在作家的導覽解說中，他們除了置身美濃的一叢叢綠景，更增添追思情懷。走訪了理和幼時故居，領略早期的家屋建築、生活況味；鍾理和紀念館儲存著手稿、寫字板、照片；最教人難忘的是一老婦每日必定迎著晨光到鍾理和紀念館路口的土地公廟灑掃，從她臉上讀不出她的心情、歷史，好似這就是她晚年命定的工作，雖然年事已高，整理庭院、收拾杯盤的動作可真俐落。她就是理和筆下的平妹、現實生活中的台妹。理和已逝近半個世紀，然而兩人靈犀依然是相繫的吧。

丁媽走累了，腳底又開始抽筋，末足扶丁媽坐下，脫去鞋子，取下絲襪，丁媽的左足兩隻腳趾交疊，有些好笑有些無奈，丁媽總弄不懂腳趾頭是不是也想探出鞋外指揮一下主人該走的路徑？卻已在鞋裡起內鬨，勞得主人得擺平它們。

末足溫柔地為丁媽撫捏按摩，頑強糾纏的腳趾漸漸回歸原位。末足不禁潛入幼年，忍不住摳起丁媽的腳底硬繭。**已覆蓋硬皮的繭內似乎蘊藏著騷動的小生**命，末足年幼時好比無法斷奶的嬰仔，上了癮般，愈摳愈帶勁，總有些時候把丁媽的厚繭硬是挖出一個洞，洞內又是一層層的厚皮，一片片一朵朵，還可以挖出雪沫般的飛屑。

「教人看了做嘔，你變態啊？」末足的妻錢云艾初婚之時聽末足說起這段往事，給了最直接的反應。

末足握住丁媽的粗厚腳掌總有股安定感，對了，就是溫厚篤實的感覺。

「怎麼，又想到小時候了？」丁媽撿起襪子套上。

丁媽自然也享受著兒子的體貼，她知道她有個奇特的好孩子，男人哪個不愛捧細嫩的腳？末足從不嫌棄地為她按摩搓揉足底、剪趾甲。

「不知媳婦怨不怨啊？」

「她啊！禁區偏偏是在腳踝腳底，不讓人看，不分四季一天到晚老穿著襪子。像不像古時代裹小腳布的？」

會不會有祕密？丁媽靈光一閃，卻不願憑空臆測，擾了末足的心思。

「媽，妳是不是有什麼心事或祕密？帶妳出來走走，就是想讓妳放輕鬆，告訴我嘛！我幫妳解決。」

難怪有人老愛說有子萬事足，末足對丁媽還真是貼心。

「若要說有什麼心事，就是我的晚年要好好規劃，有什麼事就得趁早做。」

「妳想做什麼？真的是畫畫？」

「有什麼不可以？反正又不是拿去賣錢，自己好玩嘛。」

「妳要搬出去住，我們怎麼放心？」末足摟著丁媽的肩。

「不試永遠不知道。或者我很好，或者我搬回來了。先試試分居，不一定代表我和你爸的生活破碎了。我們都老了，再不把握、再過度壓抑自己的想法，到頭來真是會悔恨的。不要擔心，我會和你爸說清楚。」

末足暗自心想，或許是丁爸有祕密，只是丁媽不願說出來罷了。

祕密。

對理和次女鐵英來說，童年看父親擦澡，最令她好奇的地方是肩胛骨處的一個窩洞，她總想把水盛了放在那窩內。在孩子的眼底，那也好似一處密地吧。

產臺

云艾逮到天賜的良機，趁末足偕丁媽南下旅行，她為自己安排了一場人工流產手術。躺在私人診所的產臺上，她強作鎮定，只知道新婚不到一年，她還沒有當媽媽的心理準備，嚴格說來，是她無法確認是否要如實地與一般人的生活模式一樣：結婚、生孩子、等孩子長大……更何況，她真要與末足的孩子嗎？

從末足常溫柔地捧著丁媽的足底來看，若非末足有足癖，那麼就是疼惜女人的好男人。她也很想知道，當腳底滑過末足的臉龐會是什麼感覺？絕不僅是性挑逗的意義吧！

祕密。

從第一次讓自己有了祕密後，云艾又一次對未足隱藏了真相。祕密會因此而積累嗎？

懷孕，是男女共同製造另一個新基因組合的生命，如今，云艾私自終結這生命。是孕育生命的負擔太沉重？還是云艾拋不開內心的迷障就無法重生？她不禁莫名地妒嫉丁媽，丁媽沒有漂亮柔嫩的足部，卻可以朗朗地秀出滿是細碎乾紋與厚黃皮的一雙粗腳。那是早年沒有鞋穿的印記，在什麼都沒有、什麼都匱乏的年代，簡樸就是美，如今，這種美依然可以侵襲過度包裝的現代，讓人們怵目驚心、讓人們慨嘆如果少了科技文明，這世代在歷史上根本無足輕重。

無足輕重！

就像她在他的生命歷程中無足輕重吧。

始終無法忘記袁惟新。當她初嘗性事，忐忑可能會有的後果時，惟新只哄著她：「小傻瓜！我們現在是在安全期。」就這麼著，她寧可信任他，來不及多思考，惟新好比她童年坐過的時髦的光華號火車，帶著誇耀，一路飛躍平原。之後，惟新急不及待地飛到英國倫敦，留下她一人在產臺上墮掉愛情胎。她猶記當時顫抖的不只是身體的本能反應，多數是去感受身為女人的苦，竟像背負的原罪，讓她害怕承接生命。如果小生命可與媽媽連心說話、票決要不要加入肚皮外的世界，是不是可以減輕做媽媽的心理壓力？丁媽生了六女一男，又是什麼樣的複雜心情？

第二次躺在手術臺，做著同樣的事，身邊依然沒有男伴，心境卻是不同的。惟新毫不關心，云艾記得此生從未如此的期盼生理周期的到來，憂心地對惟新說：「如果懷孕了怎麼辦？」「懷孕？妳有點常識好不好，別瞎操心。」惟新毫不正視她煩憂的說法，聽得她心涼了半截。倒也怨怪不了惟新，自己何嘗沒有責任。正是惟新不關心，云艾也就無所謂告知與否的問題。而未足會很興奮於當爸爸吧！她沒有辦法告訴未足，她的私心是：害怕這小生命和她一樣，在情愛世界裡釐不清真實虛妄、速度空間。

和未足結婚，只因為他和惟新很不同，就只是她無法自戕此生，所以得以一般人期待的樣態完成終身大事。只不過她還沒有當媽媽的心理準備。

婆婆丁媽是不是也有身為女人的難處？怎地到了晚年才要離婚？女人的世

界，愛情佔了幾成？

女人的世界，愛情佔了幾成？

男人的世界，愛情又佔了幾成？

鍾理和文友鍾肇政說：「理和和台妹的愛情，帶給理和工作和家庭上很大的困擾，然而如果沒有這樣的愛情，我們很可能、幾乎看不到理和的這些作品。」是愛情，讓理和的生活、文學有了重量。像歷史上的知名藝術家，即使生前困頓，其光彩終究要破土而出，不受陽間壽命的箝制。

二鍾是文友知交，卻一輩子不曾相見。當理和紀念公園的塑像揭幕，鍾肇政鍾老尚未著一句，即已淚語哽咽。以文學連結的相惜心，又是理和乖舛生命中的外一章幸福吧！末足偕丁媽四處逛逛，不免慨嘆，自己生命裡是否有這樣的幸福？

印記

連夜回臺北後，云艾已入睡，如同幼童挾捲棉被的身姿，讓末足有種做爸爸了的感覺。為妻拉上被子時，妻腳下一雙醒目的白襪逼得他彎身直視，不由自主地輕輕揭開右腳的襪緣，像是即將拆下面具舞會裡，陪他跳了一整夜舞的女伴的面具，過程充滿了神祕、刺激、懼怕、期待……可以嗎？可以這麼做嗎？未足在心裡掙扎。

云艾夢語似地微微低喟，他趁機揭開襪子，如同進入祕密領域，渾然不知會得見怪獸、美女、金銀珠寶、還是掉入時光穿梭機，回不到現世現時。他選擇將眼睛調向云艾的臉，僅以手輕觸足部：溫潤，是云艾的腳給他的感覺。再也按捺不住偷窺的慾望，他的雙眼以最集中的光速網住云艾的右足踝。呀！也許是長期裹著襪子，細嫩的肌膚猶如一段無瑕的白玉，他像是第一次被請進故宮博物院的溫控室看真跡般，戒慎地以一手握住足跟、一手輕撫滑入腳底，腳底也有硬繭。未足像個專家，觸點繭位，研判是穿高跟鞋引起的。順勢撫向腳踝，咦，是胎記嗎？未足調整檯燈後，才看清楚是刺青著兩個字：惟新。

惟新，是什麼密語還是人名？這就是云艾不肯在他面前脫下襪子的原因？未足沒想到剛才的種種忐忑心情是怎麼不敵這一瞬間的複雜心緒，要揭開左腳的嗎？

未足想到一個畫面：當他和丁嫣在美濃時，巧遇一組外景隊為理和生平做影像紀錄，當他蹲在導演身旁看攝錄畫面時，正是台妹拄著一支細木枝沿著道路向前走的背影。當時他只為這九十幾歲老人的身影觸動得掉下淚來，卻不懂為什麼，現在、現在他懂了：即使理和魂魄歸來，仍然無法自抑地去愛以歲月刻痕也不能言盡的台妹。

台妹默默地以自己能盡的心力支持一個家、照顧丈夫和子女，是這樣的影響力成就了理和的文學世界；而長子鐵民繼承衣缽，長年為闡揚父親的文學努力不懈。人生的幸與不幸又該如何劃分？

女人或男人的世界，愛情的百分比不會是以相減法而得的數字。

如果人人都有一片天；如果家是由男女共組，那麼，這片天是由男女各持天秤的一端吧！

「咦！你什麼時候回來的？怎麼不叫醒我？」

云艾半瞇著睡眼，理好枕頭後，重新落入枕心。心虛，讓她唯有藉著睡覺躲掉可能會不小心露出的破綻。

末足慌忙中，把那只神祕的襪子塞入被窩。翌晨云艾起床發現了，就當，就當襪子鬆脫了；也或者，云艾會選擇告訴他擺在心上的故事。只是，他能有空間聽故事嗎？故事是不是就像腳下的繭，都是一種……行走人生的歷程。

若不是這趟笠山文藝之旅，末足不會知道他會為個女人、為個愛情故事流下眼淚。

然而足繭和刺青對云艾，甚至是對末足與云艾會造成怎樣的印記？

「我愛你，活下來了！現在又以愛妳，而勇敢的死去。」

這是理和在一九五〇年五月十日因肺疾第一次開刀前日，在臺北松山療養院寫給台妹的信上的一段文字。

末足不禁心想：愛是不是就像繭，因生活因歷練因挫折因苦痛……而**漸漸包裹成纏結的祕宮，建築在足底，刻繪成隆起的地圖**。當然也可能在適當時機破繭而出，就像丁媽。而男人若想了解女人，除了等待，就像他自己，一定還有什麼吧。

末足不由得又想到台妹的身影，顯然地，台妹有一雙大腳。在李行導演的電影《原鄉人》中，演員林鳳嬌飾演的台妹與一些鄰人各自在肩上扛著一段大木頭，各自擔著自家的生活重量，分竄急步在林間小徑，以躲避警察的追趕。行走、勞動的女人，必練就出穩健踏實的大腳。末足很想握住這樣的一雙腳，看看台妹的足底是不是繭硬如石，或是返老還童如嬰的粉嫩。台妹不見得懂理和的文學，但是她足底每條細膩深刻的紋路地圖定是通往理和的安眠處。

云艾做了夢：她像個胎兒般，包裹在一個白繭內，似乎有個聲音對她說，釋放祕密吧，這沒什麼困難的。問題是她能不能真不介意過往的傷痕？

注：鍾理和（一九一五—一九六〇）
鍾台妹（一九一一—二〇〇八）
鍾鐵民（一九四一—二〇一一）
鍾肇政（一九二五—二〇二〇）

孔雀貝

蔡仁傑感應自己來到兒時的小洋房，紅白條紋相間的木門彷彿還記得昔日的主人，大方地敞開，歡迎他歸來。仁傑才踏入一步，旋即被前面加裝的一道怵目的紅門止了步伐，這是道雪紅般的精緻門板，其上鑲了面透明玻璃，仁傑很想知道這門的材質是鋁？鐵？鋼？或者依然是木？

「喔……嗚……嗚……」

寧靜的空間竄入一連串的哀嚎聲，讓仁傑剎時魂歸臥床，剛才的景像不過是一場夢，還來不及探觸究竟，就被近來不斷淒厲哀鳴的狗哭聲吵醒。狗哭！四十二年來第一次知道狗也會哭。沒錯，如此哀淒、痛苦，可以判辨得出是哭聲。仁傑對鄰人的狗初始是同情，越聽越恐怖，不知牠是病了？老了？主人聞問嗎？卻又不清楚是哪一戶鄰人養的狗。

連續苦熬三個夜晚趕的節目企畫書雖是完成了，如今卻也累得不想動彈，記得才入眠不久，就經歷一場夢、一陣狗嚎哭，讓仁傑備感頭暈目眩，翻了個身，拉了老婆忠棻的枕頭蓋住自己的臉，調勻了氣息後，忠棻特有的體味髮香攫住了他周身的神經。忠棻偏好白色，家裡的沙發、餐桌、床單、枕頭無一不是細雪般的白，卻也顯得冷寂，少了可以流動的熱鬧空氣。不過，忠棻對味道有種特殊的解釋——上班時，她噴上高價位名牌香水；洗澡慣用白色的乳香皂，連洗髮精也是長年用同一款同一味；臨睡時，全身擦抹價廉、古老，香味容易辨別的花露水——仁傑枕在忠棻身旁確實是舒暖的。此刻，仁傑已了無睡意，挪開臉上的枕頭，見到兩根烏亮的髮絲纏綿其上，是忠棻的。仁傑想不透忠棻已近四十歲了，仍具青春樣貌，反觀自己，白髮日日竄升，從髮根至髮尾、從髮叢深處外竄再延伸至鬢角，如今已攻佔他大半個頭皮毛囊。

仁傑打心底羨慕忠棻可以放棄經營了十二年的工作。忠棻為了迎接未來的「新生」，從日前起，戒掉晚睡晚起的多年習慣，一早忙著調理營養早餐，她覺得在車上狼吞虎嚥或拎個早餐到辦公室倉促地吃完，顯得生活太緊張，連帶使得食之大慾變得毫無品質，她是寧可沉浸在悠閒的氛圍裡。問題是仁傑沒有這麼早就吃早餐的習慣，更是從不在意吃什麼，如今，老婆興致高昂地做早點，他也只有配合。有時候他不免懷疑：忠棻想以「吃」來維繫家的味道。

味道！對！說穿了就是味道。整個家的味道就是忠棻營建的，他這個企劃人只需坐享其成，省了心思後，全力在職場上衝刺。

記憶裡的小精靈總是出其不意地以各種形式提醒你記得他。

王人美五歲時和妹妹在鄉間阿姨家度假，一時興起，要妹妹抱來一大包衛生紙，兩人就這麼一張張的撕碎了往窗臺一扔，雪花片片，好似能在炎炎夏日製造清涼的效果。衛生紙撕光了，兩姊妹就隨意找上任何白紙，盡情地撕撒，讓夏日午後不顯沉悶。

孩子調皮，很少不被大人逮獲的。人美自是逃不過姨丈一頓責罵。不過，要戒除這般的樂趣可非易事。十五歲時，她夥同好友在陽臺上，以自製的小水袋從高樓往下扔，看水袋「啪」地流散不成原形，好樂！如此惡作劇竟然沒有被發現。二十二歲學校畢業那年，無聊到摺紙飛機，試航自己的方向，終究離開豐原，到臺北賃屋謀生。如今，三十一歲了，剛丟了工作，還有什麼是可以試驗的？

記憶裡的小精靈，定得要你記得他。好比是反覆錄用的錄音帶，偶然殘留前音，當你按下play鍵時，藉機發聲。

人美心想，丟了工作就結婚吧！可又沒對象呀！學古人拋繡球招親？太隆重。拋手帕？太含蓄。當真隨便找個人結婚？太和自己過不去了吧！你挑人，人也挑你。速成婚姻的先決條件不就是功名利祿擁有的比重？算了！結婚未必真自在。記憶裡的小精靈驅使人美走到陽臺。人美順手拿起一隻高跟鞋，才要往下扔，一個念頭突起：不好！鞋跟上的釘子若是不小心砸到人家腦袋、眼睛，豈不禍害！

人美認真地往鞋櫃找適合的鞋……。嗯！就這雙軟鞋吧！反正不常穿，丟了也不可惜。將右鞋往自己身上拍拍，不痛吧！好！就這麼辦！能實驗出什麼可能性就只有天知道了。「一、二、三……」人美在心裡默數。等福至心靈，出現她喜歡的數字就鬆手扔下這隻鞋。

仁傑雙手插在褲袋裡，沿著熟悉的巷弄走著，這才發現早忘了車子停放何處。再延伸到附近幾條街巷仍無所獲。如果不是近日的確忙昏了頭，他真要懷疑自己是不是提早得了癡呆症。算了！不急著找，車子除非是被偷了，否則總會出現。

仁傑想開後放慢步伐，雙手仍放在口袋裡，他總要如此才能感到安適。有人欣賞仁傑走路的姿態，不疾不徐，泰然自若，實在不像現代人的行腳。仁傑心底知道，其實是他已缺乏了前進的目標，只是還沒想到對策，只好假裝悠然信步。

「八八，」人美唸到八八時，停下。心想：八八，好數字！八九也不錯，發久。九九，是長長久久。還有更好的嗎？幹嘛隨流行來個八八九九，再數！

「八九、九十……九八、九九、一百……一〇八、一〇九，一路久。」人美手中的鞋落下，下意識潛藏身子，只敢拿眼偷瞧，心裡也急著想知道鞋落何方何人甚至何物。

咖啡色的軟鞋正中仁傑肩頭。仁傑抽出口袋內的雙手，來不及抓到凌空而降的東西，直覺是：「企畫書砸了」。這才看清楚是一隻鞋子，心想是樓上住戶不小心掉落的吧，抬頭看，卻沒看到任何人。

此時，兩手空空，猛然察覺沒帶公事包出門呢！裡頭有重要的企畫書。「倒是運氣！這鞋子提醒了我。」仁傑看著地上的鞋子，不知該做何處理，只好將鞋子放在邊角，以免被車子輾壓了。

人美沒想到這隻鞋還有如此善終，沒有報廢，等一下可以去撿上來，代表這隻鞋還有用處。人美打從心底感謝這個被鞋砸中的中年男子。

仁傑比平日晚了兩個鐘頭才到公司，電梯門才一打開，就被站在走道間抽菸的小楊拉到樓梯口講悄悄話。

「老總今天不知道是吃了什麼興奮丸，居然一大早就到公司，還特地繞到我們這間辦公室，才週一耶！想看我們是不是假放得太多，疲軟了！」小楊一口氣說完這句話，猛吸一口菸，才將菸蒂捺熄。

仁傑一向不喜歡在辦公室說長論短，更何況他還急著要交企畫書給經理。小楊明白他的脾性，拉住他繼續說：「聽我說完嘛！老總問起企畫書的事，經理說我們整組人這兩天都在加班趕工，正在電腦列印機上。你看你嘔不嘔，明明是你一個人在做的事，他偏說我們整組人加班。」

「也許他認為在老闆面前應該表現團隊精神。」仁傑嘴裡雖是這麼說，心裡卻不只一次地嘀咕：這麼大的一件企劃案，不但是整組人要開會，也還要跟業務部談啊！真不知道經理在想什麼。

「他有這麼為大局著想嗎？」小楊平日就很看不慣經理假兮兮的笑容。「更絕妙的是，老總突然點名找你，經理說還沒看到人。」

仁傑微皺起眉頭：「我打電話進公司說會晚點到，企畫書也弄好了。怎麼？明禮沒說嗎？」

小楊兩拳相擊，像是抓到明禮的痛處：「原來是明禮接的電話，這小子當場不發一言。」

仁傑搖頭輕笑，不願多說什麼。才進辦公室入座，就看到經理涎著招牌笑臉走過來。仁傑從公事包取出企畫書。

「我就知道沒有你不行。這幾天辛苦你了！」

仁傑雖然清楚這是經理的場面話客套話，總還願意相信他是個有擔當的主管。

「看你的氣色不太好，通宵熬夜趕企畫？可以請快遞送過來，你在家補個眠嘛！」經理瀟灑的拍拍仁傑肩膀，十分有力的說：「你有什麼事我都支持。」

經理說完，拿著企畫書走進他的辦公室。小楊向仁傑投遞一個「你要相信我」的表情。仁傑則是一貫「天要塌下來就塌下來」，他以不期待、不抗拒、不排斥的態勢，盡量做到與人無爭總可以吧！

「車子找到了嗎？」明禮關心地問仁傑。

仁傑搖頭表示：「早忘了停在哪裡。」

年輕的小楊故意掛一副天真的表情：「老總一大早來過，還找你。」說完後，刻意注意明禮的反應。

「沒什麼特別的事，心血來潮罷了。」明禮以老人的姿態，輕鬆地說。

仁傑不想以小楊在樓梯間講的話來證實什麼，是非對錯好像也不能以一個面向或角度概論，知道真相又如何？

「說實話，傳播業還真不是一般人幹的，工作時間長、薪水少，可是從學校畢業後一頭栽進這圈子，一幹就是十幾年，表面上的資歷很完整，卻也沒勇氣換工作環境，到哪裡還不都一樣。四十歲了，還要去和小夥子搶著適應環境？想想都累。轉業？拿什麼轉業？」明禮有感而發的說。

這是小楊頭一回同情明禮。四十歲真是人生的分水嶺嗎？真是無力改變自己嗎？年輕的小楊還無法領會明禮的心境。不過，仁傑倒是懂得。基本上，明禮是顧家型的男人，才會有這些限制、顧忌，求穩定畢竟是大多數人的生活態度。只是，仁傑已四十二歲了，他覺得雖然要認清自己的方向或責任，也應該多發掘生命內在潛藏的可能性。

「偶爾給自己放個假，讓老婆養嘛！」

明禮乍聽小楊這句話，不知道未婚的小楊真有現代人新觀念？還是調侃他？試驗他？雙薪家庭是大多數家庭的經濟模式，臺北居，大不易啊！

「說得輕鬆。車貸、房貸、孩子幼稚園學費、安親班費用……什麼都要錢啊！」明禮感慨地說。

仁傑不由得心想：現代人不知道是離成功越近，還是越遠。家裡什麼都不缺，卻全是借貸而來，背負的也就更多了。

「像仁傑，這才叫輕鬆。夫妻倆上班，不養孩子，日子可逍遙多啦！你們知道嗎？養個孩子到成年要花上幾百萬，甚至一千萬。」明禮一時間止不住話。

仁傑最討厭這種感覺，你好端端的不說話，別人說的話題偏偏要繞著你，說是關心、說是無聊，都行！女人愛說話，男人何嘗不是？甚至是越說越激動。

孩子嘛，仁傑年輕時的確不想要，如今是羨慕家有孩子的人，這也是他贊成忠棻辭職的原因，畢竟忠棻的年齡不小了，生活作息安定或許利於受孕。不過，這也是他的想法，還沒敢和忠棻提，就算這輩子都沒孩子，也談不上有多大遺憾，反正「五子登科」榜單怎麼填，也很難填上他，他有車子、房子、妻子；銀子嘛，過個一兩年不成問題；至於「孝子」，他已無父無母可娛親，暫時沒孩子當個現代老爸標準「孝」子。

忠棻體內的瞌睡蟲不耐近日作息大亂，紛紛來抗議，忠棻不敵，只有乖乖就範，進房睡個回籠覺。頭才依上枕心，迅即弓起身子捲著棉被，舒適極了！心情卻不輕鬆，夢見自己閒著沒事，幫朋友到服裝公司代班。她完全不知道自己能做什麼，悶得很，也不想理旁人，直到一場服裝秀預演——

知名男女藝人分批出場：男藝人全是穿著黑色西褲、白底黑色圖案襯衫，有筆直線條、弧線、生物、幾何圖形……在黑白色系中求變化。女藝人則是以墨綠色系為主色。墨綠色休閒外套、長褲搭配同色休閒鞋，襯衫是深藍色，繫著粉紅領巾或打上粉紅色細長領帶。尤其是一對搭配演出此項服裝秀的女藝人，在走到臺前時以少見的斜躺方式交叉出一雙墨綠色的鞋子。

忠棻沒想到這三種顏色互搭的效果竟如此突出，忍不住鼓掌叫好，心情也大為振奮。

服裝公司老闆在預演後，指示工人在辦公室挖地洞，這地洞將通往另一邊的地下室。此景又教忠棻看得目瞪口呆。

仁傑下班後，特地到兒時住過的小洋房，自從父母過世後，他沒再回來過，居然還是紅白條紋相間的木門，只是風吹日曬雨淋下，底漆不再鮮嫩。仁傑想像童年每到放學時分，不需喊門，媽媽早就開門迎上。如今裡頭住著什麼人家？附近的大滷麵店還在嗎？仁傑四處轉轉，就是找不到了，倒是有許多家小吃快餐店比鄰。仁傑依然為自己點上一碗大滷麵，味道大不相同，真不知道是記憶裡的味蕾在作祟？或是配料作法的傳承斷了線？還是被改革了？忠棻在珠寶店工作，午出夜歸，兩人生活的交集一向只在清晨，晚餐自己解決，倒是簡便。

為了公司計劃自紀錄簡報片的製作轉型發展電視節目，仁傑每晚認真地收看電視各頻道，算是職業觀察，但少有節目能讓他放棄轉臺。

「男人自覺何時開始老了？」某臺主持人向現場來賓提出問題。

女人最關心的可能是臉頰、身材日漸鬆弛。男人呢？男人會照實吐露心情？

「性生活減少了。」

「這是很實際的發現，不過，根據報導，很多年輕人越來越不性了。還有呢？」主持人鼓勵現場來賓。

爬不動樓梯；忘了前一刻要做什麼；忘了年輕時的理想，卻忘不了無緣結合的舊情人；公司暗示可以提前辦理退休；孩子不再需要你了；開始吃保健養生產品……

來賓越說越興奮，像是玩接龍般一個接一個。至於各自拋出去的說法，對自己的生活有多大的影響，似乎不在討論範圍。

「想再談一場轟轟烈烈的戀愛。」

說這句話的來賓年約五、六十歲，引起現場一陣嘩然，大家想到的是日本片《失樂園》，接著是一片靜默。男人也嚮往愛情世界呢！不論是私密的、公開的，它的確能燃燒生命熱情。

開放call-in。

仁傑居然打通了電話，自已都愣住，半晌才說：「開始呆坐沙發看電視。」

「然後加入我們的話題，看來，我們是老人的忠實伴侶。」主持人不忘幽默一番，又問：「你認為你老了嗎？」

「老了是無力也不想去改變現況，但是當必要做更動時，又不想變動得太多。」仁傑似乎是答非所問了，轉回問題繼續說：「我在變與不變間。」

「那就是還不服老嘛！」主持人下結論。「來，下一通是余先生。」

人美近日只關心就業資訊，卻又提不起勁認真找工作，在業務掛帥的環境，似乎人人有機會，於她卻不相干。倒是電視上「男人自覺何時開始老了」的話題挺吸引她注意。

她當然不是男人，卻也想加入話題，幸好節目沒拒絕讓她發言。「老了就是多了兒時記憶吧！」

仁傑忽地一凜。

人美仍在電話線上說：「像我自己，每隔一段時間就逼自己出清記憶，好比電腦嘛，把不要的內載清除，容積才夠用。還有，就是怕自己找不到工作，或是只會滿嘴抱怨年輕人啊怎樣怎樣又怎樣，這就是代溝。」

「王小姐，聽妳聲音中氣十足，方便問您幾歲？」主持人好奇。

「剛過三十，三十一歲啦！」人美說。

「這麼年輕就忙著出清記憶。」主持人笑了！

人美把握上線的機會，半開玩笑、半認真地說：「請問你們節目缺不缺企劃或編劇？」

仁傑看到這一段，不禁感慨：這一行真是外人看熱鬧，裡頭的人可是每天像在打擺子。不過，它的確有迷人處。

第二天早上，記憶裡的小精靈敲醒人美。人美雖知自己有些胡鬧，卻不願按捺住這長年的小精靈，盡情又適度地釋放自己也是健康之道嘛！匆匆漱洗，換上一身牛仔服，她像隻調皮的小狗悄悄地準確無誤地銜起「命不該絕」的軟鞋，在陽臺上晃蕩，好似以鞋為餌，要釣住一隻味美的狗骨頭才能過癮。

數數玩過了，今天要唸什麼口訣？人美晃蕩著那隻鞋，側頭想：試試昨晚看到的內功口訣，順便健身。「噓、呵、呼、嘶、吹、嘻、噓、呵、呼……」人美反覆唸著，似乎很享受目前的閉目養氣。漸漸地，肌肉放鬆，鞋子滑落……人美警覺俐落地彎下身子往下瞧。

世界竟有這等巧合？同一隻鞋落在同一個人身上。人美真想看看這男人的表情，一定是既無辜又憤怒。此時只看到這男人小腹微凸，「結婚了吧！」人美不由得這麼猜測。他會怎麼處置這鞋子？

「是交好運還是惡運？」仁傑不懂，鞋子難道會自己跑路，撞上同一個人？還是有人和他惡作劇？偏又瞧不出是誰。索性將它放入公事包內，「省得你亂跑，天天砸上我。」

「天啊！他居然收藏我的鞋子。訂情不成？要不要去找他？」人美急轉腦筋。

「車子到底停在哪裡？」仁傑佇足努力回想既然在巷弄裡找不到，怎麼沒想到外頭的大馬路？仁傑心底一高興，腳下仍是平穩的步伐。

終於看到那輛開了多年的車子，停放數天，早已蒙上大片灰垢。

上下班開車未必是聰明之舉，但是仁傑喜歡關上車窗後，寧靜安適的空間感，車體雖小卻足以讓他暢遊在各式CD樂曲中，偶然，想想心事。

「今天紅燈特別多。」仁傑耐心地剎車，並不像有些駕駛人搶著在綠燈已閃爍時及時闖越。

「近看還不賴嘛，有種憂鬱氣質。」人美頭戴紅色安全帽，騎乘五十ｃｃ的機車，幾與仁傑的車子併行。相信機車族都不喜歡戴安全帽，不過，在此時卻充分派上用場，足以達到偽裝效果。

來到仁傑上班的辦公大樓，要不要再跟下去？人美再次急轉腦袋。失業是不是會變得瘋狂？想想，反正閒著沒事，便與仁傑一同進入電梯，並且故意禮讓仁傑先按數字鈕，是「８」，人美就按下「９」。再偷瞄仁傑小腹，還好，不算頂凸，大概是襯衫沒穿工整，所製造出來的凸腹假象。她實在很難想像一對啤酒肚漢和大肚婆如何「頂腹相愛」？想到這畫面，她忍不住想大笑。

十點鐘，經理一到公司，就請仁傑進他辦公室。

平日，經理找仁傑談事情，一定是雙雙坐到旁邊的一組沙發座，今天，經理端坐在辦公桌的旋轉式羊皮座椅內，並未刻意指示仁傑往沙發坐下，仁傑只得坐在經理對面的單人椅子。這樣看來，既像賓主關係、又似客戶洽談，甚至有那麼點主從味道了。

「是不是企畫書要修改？」仁傑乾脆開門見山。

「恐怕是重做。」經理故意翻閱報紙，是不想直接接觸仁傑的目光。

「原因？」仁傑力持鎮定。

「我發現貿然做戲劇太冒險，成本高、壓力大，這畢竟是我們公司轉型的第一步，不能不小心呀！」

「上回我不是建議企畫部和業務部聯合開會，甚至是去電視臺溝通？反正是買時段，我們只要確立方向，其他細節是可以克服的。更何況你也同意做戲劇。」

「方向？」經理總算抬眼面對仁傑。「做節目不就是那套：抓住了觀眾，也就抓住了市場，廣告滿檔，荷包也就不會難看。」

「你也可以借機升官。」仁傑一向知道經理的企圖心，他怎麼會屈就這還沒站穩的傳播公司。公司的關係企業多得很，他不愁到處溜溜找機會。

「我升官，這位子就是你的了，仁傑！」經理換成充滿感性的口吻：「當初我遊說你進這公司，就是知道你有點子，有才幹；而我負責對外的聯絡。你知道的嘛，說和做常常是一體兩面，別把自己侷限住了。誰不知道求精求好求質感，倒是這世界一夕數變，你抓得住什麼嗎？抓住了機會，管他是什麼，咬住不放就是了。」

「你對節目的想法？」仁傑懶得聽經理那套歪理。

「半綜藝半戲劇，夠新鮮吧！」

「我再想想看！」仁傑起身，準備離開經理室。

「別多想了，你只要想，成功了，這間辦公室就是你的了。」經理走到仁傑身旁拍他肩膀，像個老大哥一般。

「學長，我安排了年假，我想……」

原來，經理是仁傑的大學學長，高他三屆，就是他千請萬求邀仁傑一道進公司的。

「進公司三年了，你從沒請過任何假，這次你愛請多久就是多久，只要再弄份企畫書來。我常向老總說少不了你，他也期待這份企畫案。你想，待在這家公司會沒前途嗎？」

究竟老總知道企畫書是整組人在做還是仁傑一人獨攬，似乎不重要。究竟是小楊還是學長撒謊也不重要。如果能換上這間安靜的辦公室，自然有利於工作中的創思，但是，這又如何？仁傑覺得一陣心煩。

回到座位後，明禮問：「企畫書沒搞定？」

仁傑無可奈何的搖頭，算是回答。

「其實，憑你才幹，外面的公司天地大得多。」明禮這句話聽在仁傑耳裡，不知是不是恭維。

「你勸他走路啊？」小楊故意這麼問明禮。

「我是替他可惜，老做一些小鼻子小眼睛的case，我要是他，早到大海裡游了，樂趣一定大得多。」

「淹死你這種人。」

「什麼人？」明禮有些不高興，「看你年輕才不和你計較，別以為我不知道你愛搬弄是非。」

「哇！」小楊誇張地做無辜狀，「耳朵長，生氣啦？」

「什麼耳朵長？」明禮仍有氣。

「耳朵長才聽得見呀！喏，經理找你。」小楊指著明禮桌上的電話，內線響著。

明禮顧不得繼續拌嘴，先往經理室去。

小楊隨後對仁傑說：「經理最喜歡搞這套，一下子找你、一下子找他、又換個人找，其實還不是在玩心理戰，給每個人甜頭，畫個不大不小的餅，偏偏都是同一塊餅，讓這些人底下互相較勁。」

小楊的話不無道理，卻讓仁傑覺得尖刻了些。

小楊繼續：「你也不要太認真了。六十分和八十分並沒有太大差異，事情推動得了就成了。」

「怎麼會差異不大？」仁傑反問，更在心裡快速盤算著，自抽屜裡取出假單，填上，又寫了張辭呈。這樣就不違盡早提出辭呈的公司規定。或許是衝動了些，但就像今早的車子，何苦在巷弄中苦尋，機會就在大馬路上。

仁傑將辦公桌一併整理好，該扔的扔，才知道自己擁有的不多，倒也省事。當假單和辭呈請小楊代轉時，小楊驚得目瞪口呆。趁小楊開口前，仁傑以右食指搖了搖，表示「不用說了」。

仁傑的心情直到人在電梯間，電梯往下降時，才感到些許輕鬆。

就到街口的coffee shop吧！推門而入，一眼就見到極面熟的人，卻想不起來在哪裡見過。仁傑禮貌性地向她點點頭。

人美狐疑：他該不會懷疑我吧！試探一下無妨。

「真巧啊！一早同電梯，現在又碰面了。上班真自由啊！」人美出招。

仁傑恍然大悟。

「妳也自由，不上班？」

「我剛失業，早上是去那大樓找朋友。」這句話前半段是事實，後半段是胡謅。

仁傑找適當的座位。

「就同桌吧！」人美大方地說。

「不會打擾妳？」

人美搖頭，表示歡迎。看來失業也不會無聊嘛！

兩人倒也投契，從喝咖啡到點午餐，話題居然沒停下來。仁傑的心情好多了。

「我平均每兩年換一次工作。」人美說，「其實還不算離譜，居然有人認為我落伍了，一個工作可以待這麼久，新新人類是半年就換工作，換工作也是換心情換風水。可是，越換越沒本錢，薪水永遠是和上一個工作差不多。」

「換工作是有學問的，換得好是進階；否則倒不如在同一個單位待久一點，多累積些工作經歷、人脈。」仁傑誠懇地說：「要早點發現自己的志趣。」

人美思及，她會這麼常換工作恐怕是對工作本身興趣不高，做的是行政助理，例行事務永遠大同小異，更看不到前景。

「唉！還是你們傳播業活潑。」人美感慨。

「這叫外行人看熱鬧，總覺得新鮮好玩。」仁傑把昨晚看電視的情況說出來：「居然有人在電視call-in節目中公開向主持人自我推薦想當企畫或編劇。」

人美大笑：「你也看那節目啊！那就是我！無聊嘛！」

「更巧了！我昨天也call-in了。」

「不要講，我猜猜看……」人美截斷仁傑的話。

「嗯，你是不是說你是在變與不變間，主持人說你還不服老。」人美猜完後，等著仁傑。

仁傑驚服：「小鬼靈精。」

「我不叫小鬼！」

「對哦，我們還沒自我介紹。」仁傑掏出名片，才想到該作廢了。

人美倒有些不好意思：「王人美。」

仁傑確定人美的寫法後，笑著說：「美人王哦！」

「唉呀！真討厭這名字，我又不是美人。」

仁傑笑而不語，人美的確不是很美，方臉上五官端正，眼睛烏圓，倒也可愛，尤其是個性開朗大方，應該是天性樂觀。

雖然聊得愉快，倒也不需要彼此留下聯絡電話。他們各自付帳離去。

仁傑出奇不意地去接忠棻下班。

忠棻在車內以撒嬌的口吻說：「老公，辛苦你了！以後就賴你養我了。」

仁傑還不知道怎麼開口向忠棻說明今早在公司發生的事。

忠棻又問：「下午打電話去你公司，小楊叫我找你回去上班，怎麼回事？」

「妳怎麼不打我手機？」

「反正也沒什麼急事。」

「我們的存款……嗯……還不錯吧！」仁傑一向不喜歡太在乎數字，尤其是這節骨眼。

「沒……沒什麼存款。」忠棻有些結巴。

事實上，他倆夫妻花錢一向大方，不是很懂得節制，但總還過得愜意。這下子兩人都無業……仁傑不願再想下去。

「以後打手機就可以了，我自行請調到業務部，在辦公室的機會不大。」仁傑隨意編謊，自己也覺得不可思議。

「為什麼？」

「做企畫不能光是紙上談兵，這也只是暫時的計畫。」

為了這暫時的計畫，仁傑依舊在「上班時間」出門，總捱到午後才溜回家。今天要上哪？開車路經鞋子掉落處，仁傑不禁抖動一下肩膀。「或許是拜它所賜，才能斷然離開不滿意的工作環境。」仁傑這麼想。

沿著住家往鄰近的郊區，仁傑來到半山上，這裡正大興土木，有集合式住宅大樓、有別墅、有休閒山莊，山林景緻極美，只可惜有太多櫛比鱗次的鋼筋水泥樓房，好山好水終究要漸次退位、甚至消失。

路邊竟有人向他招手，駛近一看，那人拿下安全帽，仁傑不由得嘆笑：「美人王，不會這麼巧吧。」

「我們哪一個人老實說，是誰跟蹤誰？」人美就是愛開玩笑。

「來來來，我帶你參觀。」人美將機車停放在路邊，隨即指揮仁傑將車子開往社區大樓的地下停車場。

仁傑很訝異，難道人美住這棟大樓。

「這大樓才剛交屋，管委會還沒正式成立，可是陸陸續續有人搬進來，建設公司的工地主任是我朋友，請我暫時……」

「當管理員？」仁傑猜到。「不會吧？一般不都是老伯伯？」

「也有像你這種中年人啊？你們號稱什麼？青壯年？嘿！他們還需要一個人輪班，反正你也沒事，暫時代班一兩個月吧！」

「怎麼可能？」仁傑直接反應。

「什麼事情都有可能。你是放不下身段，有職場上的階級意識哦！」

「不是！我……我專長不在這裡。」

「你想做電視節目，這也是一種觀察人生面向的機會，何況只是暫時，又好玩。」人美還指這棟中庭大樓說：「你有沒有想過，像這樣的住宅環境下，裡頭人物的故事各式各樣，一定很有趣。」

這個觀點打動了仁傑，雖然人美說得有些辭不達意，但是他懂，從生活面出發的故事確實是一種戲劇型態。

近日手機靜悄悄的，此刻居然響起。是小楊，總算表達他個人的關心之意。而明禮和學長呢？仁傑不禁搖頭，這就是事實：工作隨時可以有人代替，是六十分八十分在某些時候而言，或許真不是那麼重要。學長一定也很惱怒他這種辭職方式。

為配合與人美的輪班時間，仁傑和忠棻的相聚時間改為午餐。快脫離珠光寶氣的職場，忠棻日顯愉悅，有些神祕地端出一道令仁傑想念已久的食物：孔雀貝。

「難得見到，趁熱吃吧！」忠棻遞上芥茉醬，「要不要？」

「不要。」仁傑將蚌殼取下，一口含下貝肉，「要吃就吃它的原味。」

仁傑一向不挑食，對孔雀貝卻有點著迷。是浪漫漂亮的名字吸引他？是味道吸引他？或僅是這深褐色的蚌殼有粗礪的紋路，不像雄性孔雀在求偶時開敞亮豔的羽翅。或許，仁傑只是想疼惜貌不驚人卻又具有多變色澤感的孔雀貝。

人美擔心仁傑枯坐警衛室，坐慣辦公桌的人，怎堪突然坐在中庭小亭子裡？因此，她總是故意早到或晚走，多陪陪仁傑。

「蔡大哥，帶你去參觀。」人美拉著仁傑離開座位。

「沒關係嗎？」

「這不叫擅離職守，我們也是去巡視住戶啊！」

人美拿著一串鑰匙，往C樓十二之二號。一把長長的鑰匙插入門孔，是一間小套房，卻擁有整面玻璃窗，綠景透過四射的光束飛灑入小屋，教仁傑看得迷離。

「從來不知道在高樓上有這景緻，好像可以看到整個臺北盆地。」仁傑走向窗臺。

「告訴你哦！我總以為郊區套房是男人金屋藏嬌的地方，單身女人住這種半山腰多不方便？」人美說。

「現在被金屋藏嬌的女人會滿足於小小一間套房？」仁傑不以為然。

「你猜，這主人是男人、女人？」

「管他是男人女人，不是單身就是新婚夫妻。」

「告訴你，是個已婚婦女，她說這是她未來的小窩，有不有趣？」

「你的意思是她先生不知情？」

「這我不清楚，倒是從沒看過她先生，最近她忙著裝潢，工人進進出出，所以才把鑰匙交給我。」人美眼光閃到一角，「咦！添了冰箱。」

人美好奇地打開冰箱。

「喂，妳這算不算侵犯隱私權？」仁傑走過去。冰箱下層盡是水果、飲料。人美繼續打開上層的冷凍櫃。

「哇！這麼多，一模一樣，這女主人喜歡吃……」人美手上的保麗龍盒被仁傑拿過去：「是孔雀貝，好多好多盒孔雀貝。」

「真好聽！孔雀貝，我有沒有吃過？」人美邊說邊將仁傑手上的保麗龍盒放回冰庫。「走吧！」

兩人走向中庭時，仁傑眼尖，見到閃過警衛室的人影竟是忠棻，趕緊轉入一旁的花圃，蹲靠在圍牆內。他只聽見忠棻拿了鑰匙，向人美道謝。

「蔡大哥，難不成你想幫忙除草？」人美也蹲下來。

「剛才……」

「就是那間小套房的主人，她人很好，歡迎我們去她家參觀。」

「她家？」

「反正就是她的窩嘛！」人美說。

仁傑腦海像是裝了個跑馬燈，輪番閃著各式問題：忠棻幹嘛瞞著他另購小屋？難怪存摺裡的數字縮水。家裡沒有多餘的孔雀貝，這套房卻有好多，給誰吃……

手機響起，竟然是忠棻。

「喂，仁傑！告訴你一個好消息。」

仁傑屏息以待，是套房的事？

「我把我上回夢到服裝預演的事告訴一個朋友，偏巧她認識服裝設計師，那設計師要買下我的夢想。」忠棻的語氣很興奮。

「夢想？」

「做夢時想的事情。設計師說我很有創意，既然是我夢到的，就是夢中的我設計的，你說神不神奇？」

「我看妳可以改行了。」仁傑沒什麼氣力。

「不吵你工作了，bye！」

仁傑忘了問她在哪裡，她會怎麼回答？手機又響起，是小楊問：「仁傑，你的企畫書通過了，現在正緊鑼密鼓籌備。」

「誰修改的？」

「沒人啊！計畫由明禮執行。對了！他接了經理職位，經理嘛……」

手機訊號中斷。仁傑苦笑，他們都得到他們想要的了。

「你挺忙的嘛！」人美覺得仁傑的神情不斷變化著。

「妳上回說得對，這裡有好多故事，我在想，我們可以合作寫一齣戲，就叫《人生百態》或是《囚籠裡的人》。」

「還公寓故事呢！」人美認真地說：「囚籠裡的人，劇名太武斷、太悲情，換個名字。」

「那就叫《孔雀貝》。」

「好耶！」人美這才想到：「換工作很容易嘛！不過，我們這麼合作下去，我怕……會愛上你。」

仁傑敲敲人美腦袋。

人美狡猾的神情：「你有沒有被敲過，不是啦！有沒有被東西砸過。」

「我不曉得算不算是砸，倒是有隻鞋子連續兩天從天而降，落到我身上。」

「小心是不祥之物或是定情物。」

「我當它是幸運物。」

「真的？」人美驚喜。

人美天真青春的氣息沖淡仁傑最近低落的情緒，但是這相識不久的朋友，他對她又了解多少？職場上亦友亦敵的微妙關係他可以釋懷，然而最親密的伴侶忠棻又該怎麼說？雖然每個人都有權利保有私密，但是，他實在不知道該不該和忠棻談這一切。

孔雀貝的根蒂永遠緊繫在殼內，除非是以小刀割除。蚌殼內的根蒂被除，蚌殼會痛嗎？忠棻連夢都可以成真，可以賣錢；而他的夢呢，在蚌殼內，就在根蒂間。

「你喜歡把手插在口袋裡，沒有安全感嗎？」

仁傑巧妙地回答人美：「就像蚌殼，沒打開前，你不知道會吃到蚌肉還是珍珠。」

你，怎麼看待星子的殞落

想聽故事嗎？

這天色最適合說故事了！

你，怎麼看待星子的殞落？

看過John Huston導演的《死者》？

憑弔一個逝者，或許是一輩子，或許是某項因緣。以什麼方式？可以是哭泣；可以是責備；可以是歡聚；可以是歌唱；可以是飲酒……只要你找對了感覺，只要你懂得離席的人。

準備聽故事了嗎？

1

凌晨四點多，黑夜與黎明的交接時分——

繁星宛如躺在灰白的、特製的布幔上，克盡己職要在太陽現身前妝點夜空，也是為即將轉換的白晝暖身。為了趕在晨起運動的人們之前，我必須起得更早。想到自己的計畫，我不禁笑了起來。

從這棟高樓的頂樓平臺俯看，路燈一座座的與星星相望，竟使這座城市透露出一種相融的美感，分不清是黑夜或是黎明的美。我將不容置疑的美穿在短袖襯衫外，不是寒冷，不是畏懼，也不是向夏日爭豔；而是這件獨一無二的紅毛衣可以包裹、溫暖：**我的身、我的心、我的記憶**。

雙手往矮牆貼放，一蹬身，我已坐上圍牆，再將身姿一百八十度轉個方位，雙腳已垂掛在牆外。這座樓真高呀！我事前勘察過，再不會有花架、雨篷遮蔽物，我將一路順暢的領會重力加速度。或許，還來不及和空中相遇的麻雀打招呼哩。有些鳥有固定的巢穴，有些鳥忙碌的飛越國界，就像某些人喜歡定居，卻又忙著搬家。

我將雙手平舉伸展，深呼吸，頭顱俯下，這準備動作多像游泳。右腳一蹬牆，起飛，我努力保持身姿平穩：像不像展翅的老鷹。

再次深呼吸，黎明前的空氣特別清甜，我又笑了，心滿意足的笑！四十年的歲月就在我凌空而降時，快速轉動片盤，我要藉此尋找我最深、最難忘記的片斷，它們接合了我的一生。

2

「別跑那麼快呀，小心跌倒。」我回頭，是媽媽焦急地呼喚。

剛上小學，正是對校園一切充滿好奇的年齡。這裡好像一座大城堡，所以，我總喜歡起個大早，背上書包，雙腳套上我的小球鞋，飛快地跑出家門，奔向大城堡，趁上課前尋幽探祕一番。媽！不要怕我跌倒，哪個孩子不跌跌撞撞？尤其是男孩，身上有點傷，還是件值得向同學誇耀的事哩！

「李平同，瘦巴巴，理平頭。」初見面的同學總喜歡這麼喊我。

「平同！不要光吃白飯，也要吃點菜呀！看你瘦得……別弄得營養不良。」媽邊說，邊在我碗內佈菜，小飯碗像個尖山，教我如何吃起？我瘦嗎？偏不信！丟下碗筷，索性搬張凳子，立在鏡子前端詳自己。制服短褲下的一雙腿的確很細，長長的，像兩支細竹竿。對著鏡子，我笑了，瘦又怎樣？可不是弱不禁風，我喜歡跑步，相信我的腿會越來越結實。

中學生活實在乏善可陳，長時在日光燈下K書，臉色也日漸灰白，鼻梁上架起一副黑膠框眼鏡，算是增添顏色；瘦長的身子更像一支長長的日光燈管。唯一的休閒算是晨起跑步了，大串的英文單字就在跑步中一一輸入腦內。

順利考上公立大學英文系，最開心的要算是爸爸了。他長年在遠洋船上工作，為的不單是溫飽，而是供我上大學，甚至是到國外留學。就在爸描摹未來藍圖時，媽總要提醒他：平同身子骨太弱。

「瘦、感冒，算得了什麼！將來就壯了！妳看看我，妳能想像我小時候嗎？那才是體弱多病。」爸挺直的背脊、強健的臂肌足以說明他的健康狀況。

媽因著爸高聲朗朗的幾句話，猶如吃了定心丸，只不過，我的飯碗永遠像個小山丘，降低了我的食慾。爸不在家的日子，爽朗的聲調所造成的熱空氣一併抽空，剩下媽的叨絮，我，更安靜了。

女同學小雅上課時的表情、笑談間的嬌態、甚至是上體育課時，短褲內結實的臀、順著眼光溜下是勻稱的腿……在在吸引我的目光，還想像小雅鞋內性感的腳丫子……我不曉得這算不算戀愛？不！是單戀！我這麼瘦、寡言木訥，永遠只能做個不起眼的牆邊小草，就像我現在腳下的小草，誰會在意！

我的鋒頭，只在體育課的短跑間，總是輕而易舉跑出令人羨慕的佳績。但是，腿上的肌肉永遠不長。

少男情懷，如何也無法向爸媽、好友訴說。於是，我對自己說，越說越開心，待在洗澡間的時間也越來越長。開門出來前，我照慣例對鏡笑得瀟灑，而小雅必浮現鏡內也對我嫣然一笑。之後，我架上黑框眼鏡，再度收拾起笑容。這是，我，獨享的祕密。

保持祕密太久，是不是會不健康？我不知道！我只知道，他們不讓我繼續說故事，說我語無倫次、神態異常，從課堂上緊急召來救護車，生平第一次，我沒有感冒，卻入院了！一堆測試，只見媽突然不說話了，幽幽的眼神令我心驚。是爸，挑起了「說」的重任，叮嚀我得按時吃藥。

返校時，我不由得怯步，是好友培德擁著我的肩臂，陪我進入教室，我竟感到暈眩，更不敢望向小雅。心事，得澈底封箱。

「平同！歡迎你回來！」一陣掌聲和著同學們齊聲的這句話，我又暈眩了。原來，我不孤單。

畢業前，積極的和部分同學準備托福考試，只因我是國民兵，省掉一年多的兵役期，可比一般男同學早點起跑攻取學位，竟成了男同學間的幸運兒。

梅雨提前下，屋裡透著股陰濕。

媽總在臨睡前端杯牛奶給我，叮嚀我早點休息。可是，這時怎麼聽不清媽說些什麼？旁邊鼓譟的聲音安靜！安靜下來……

「你安靜點，不要怕，打了針，你會很舒服的睡上一覺。」

這些穿白衣服的人是誰？我不要打針，我還有好多單字沒背，不能睡。我……眼皮好重呀，這是哪裡？

第二次入院，把媽嚇出好多白髮，嘴上還喃喃唸著：還好！畢業證書拿到了，還好……

爸始終不發一語。就在接我出院後，不再上船，可以在自己家裡掌舵，當船長。只是，他的頭髮已灰白一大片了，日漸稀疏的髮絲零落地附在略顯光禿的頭皮上。

大學畢業正是人生另一計畫的開始，我卻什麼也不能做。真不知道是我守著爸媽，還是爸媽守著我。

我還能有什麼想法？就好像夏蟬，好不容易等到可以上樹梢嘶鳴的時刻，正待清清嗓門呢！已被頑皮的孩子以彈弓射下來，沒死，卻已無法一展天賦的歌喉。而其他蟬兒此起彼落的唱和，徒然惹得地上的蟬心悶，如此一來，蟬鳴就像噪音了。

3

培德學成回國後，與我談心的時間反而少了。沒了當年服兵役、留學期間的信件作媒介，一切就顯得不夠真實。倒是，培德建議我多聽音樂、看電影、看書，試著從中體會別人的生命歷程。

一個人聽音樂，有種想掉淚的感覺；試著另找樂趣吧！這陣子到山上觀察鳥類，練習了好久，飛吧！

怎麼翅膀不管用，一直往下掉？還來不及反應，我竟掉落在一戶人家的花架上，花架慘兮兮的吧！巨響招來許多人，屋主嚇呆了，真呆了！爸趕了來。

我身上竟毫髮無傷，只是仍得入院檢查。我不是自殺啊！媽不要哭！我一逕地解釋。我想，只有培德能懂。我是參考了艾倫・帕克導演的《鳥人》及李察・基爾主演的《愛你情深》，試著向人類潛能挑戰呀！人為什麼不能飛？

培德懊喪不該介紹我看這兩部影片，因為片中的主角都是……

「精神病人，就像我！」我搶著說：「但是李察・基爾多帥，他可以有愛情。」我們平日雖與正常人無異，但總懷著憂懼，這枚不定時炸彈的威力會傷害周遭的人嗎？想來，防爆專家也無法拆解這類炸彈。

「曾聽過一個傳說，很美！天上總有一顆星星代表自己，它的存在、亮度，就代表了愛情，甚至是希望。」培德專注地對我說：「你也會有。」

我疑惑了！不明白自己跳樓的真正動機。與培德同是眼鏡族，他走的路多平順；而我，我有什麼？是一隻螳螂都不屑一顧的蟬。天上可真有一顆屬於我的星星？

病房清一色地白，白得讓人發冷，也許，我可以貼上一些紙星星。想到這裡，胸腔內有股熱流四處流竄。

4

經過長時期的努力終於有份可以讓我發揮專長的兼差工作。我很熱心地幫助移民美加的人填表格、帶他們去面試、與移民局官員以英文溝通。只是，我不懂為什麼要移民？屬於他們的星星也會移轉天界的位置？

余梨萍，這名字讓我的心抖顫。當她為家人辦理移民手續時，總像飛煙一陣，沉澱下來的空氣淨是她獨特的味道，好熟悉的香味，好像是……蘋果味，對了！正是紅蘋果。

記得，小時候和爸媽到梨山摘過蘋果，蘋果不能硬摘，要輕輕地取下來，「硬摘的果子不甜。」我記得爸這麼說過。

自培德結婚後，紅鸞星似乎轉到我身上。

就在梨萍母親順利赴美國後，我成了她生活上最依賴的朋友，護花使者之名在她公司不脛而走。總在接她下班後，回她家吃晚飯、散步後再回到自己家。這樣單純的交友方式，讓近三十歲的梨萍欣喜回到少女時代才有的簡單。

簡單！是因為我幾乎是一無所有。一事無成的人，想來是複雜不起吧！

我們算是相戀嗎？

我總是踏著輕快如飛的腳步，想像著金・凱利的歌舞，一路哼著曲子回家。爸媽守著客廳的電視機，眼角卻不時瞄向我；再不，就是一副欲言又止的模樣。

「三十五歲這年，我很快樂！」我特意剪了一枚大星星，紅色的，並且在紙上寫下這句祕語。快樂，不應太招搖。

5

「平頭！」梨萍一向這麼喊我：「今晚有Beatles的紀錄片，想不想看？」

「好啊！」我努力洗碗筷，下半段的話順著水龍頭傾流而出：「只怕趕不及吃藥。」

「感冒了？」梨萍撫觸我的額頭。

是該坦白面對問題的時候了，只是，如何開口？她會怎麼想？

「沒關係！看完Beatles再說。」我要好好想一想。

「平頭！你的工作很自在，不過，我有個朋友的公司，很需要像你……」

「我目前不想換工作或改變生活方式。」我急於打斷梨萍的話。

接下來等待開機的時間稍顯漫長；空氣的流動也好像阻滯不前……直到Beatles的畫面讓一切動了起來。

梨萍專注地觀賞；而我，心情是blue的，想著John Lennon的死……。

電視畫面結束時已是深夜。

我趨前將大燈關得只剩一盞。黑色，是保護色。正如我黑白色調的衣著，少了豔麗的色彩，自不會有煩惱。

暈黃燈影投射下，我似乎瞥見梨萍臉上飛抹過一片潮紅。

「你冷嗎？」梨萍見我拼命搓揉雙手。

我搖搖頭，深呼吸，準備一鼓作氣把話說完。「妳對John Lennon的死，有什麼看法？」

「很可惜！死於非命，就這麼被不相干的精神病人射殺。」

「妳對精神病人又有什麼看法？」

梨萍笑了！她笑起來真好看，兩頰豐滿，好像多汁可口的蘋果，令人想去捧住她的臉，深深嗅聞散發的甜香味。

「你考倒我了，我從沒想過這個問題。我想，這是很難去論斷的事，常常看到這類新聞報導，好像很不可思議、很……很可怕……可是，他們也是很無辜、很可憐。」

「妳很善良，顯然……妳沒遇見過。」我頓了一下，用力把口水嚥下去：「除了我以外。」

「你遇見過？」

梨萍顯然還沒聽懂。

我不敢直視梨萍，點點頭，幽幽地吐出：「我遇見過，而且永遠不可能分離，那，那就是我。」

「什麼意思？」梨萍坐到我身邊。她握起我的手，相識以來的第一次。

一顆圓潤的水珠滴到她的手背，是我的淚。

我幾乎是癱倒在梨萍的腿上，把一切能說的、想說的、該說的，一口氣說完，說得我聲嘶力竭。

掏空了一切，我的心出奇地平靜、愉悅。

「怕我嗎？」

梨萍搖頭：「如果是別人，我或許會怕；你，我不怕。」語氣溫婉堅定。

「從第一次看到妳的名字，我就彷彿知道我們的緣份，以及……終將沒有緣份。」

「怎麼說？」梨萍輕揉著我的髮。

「余梨萍，我離開平同。」

是在做夢？梨萍沒有離開我，反倒是緩緩地扶我入房，緩緩地將我放平在床上，她，也緩緩地在我身旁躺下，靠得好近、好近。她身上特有的女人香，喚醒遠古的神話，勾勒靈魂深處的音符遍身起舞，我感覺得到，體內有一條貪婪的蛇蠕動著……我極力克制。全身的肌肉僵硬緊繃。

牽手相眠的一晚，是個美妙的經驗。我夢到和梨萍坐在一張紅毯上飛入星際，那裡有好多星星，而她的眼眸正是最亮的兩顆星，堅毅地對我說：你會好起來的。

當我還沉浸夢境時，梨萍羞赧地放掉我的手，起床拉開紫紅色窗簾，窗景頓時一片亮白。白趨走了紅，天亮了！我的心也揪了起來，可以想像爸媽在家焦急的心情。

6

開始認真地執行梨萍為我擬的新生活計畫：重拾書本，為托福考試做準備；飯後偷偷將藥丟入馬桶，以免因藥物而使行為遲緩呆滯；按時回門診……一切都在控制中，只是，我並不想出國，何況我有能力嗎？梨萍能諒解嗎？抬頭看天花板的星星，似乎擠成一堆了。

「平同，你別老穿著她送你的紅毛衣啊！也得脫下來洗洗。」媽又在我碗上佈滿菜。

沒關係！梨萍要我多吃點，塞滿一嘴的飯菜，好不容易才有空間吐出一句話：「這是她親手織的毛衣。」

咦！房內的星星怎麼跑到碗裡，我丟下碗筷，拼命挖出嘴裡的飯菜。不！是蛇！屋裡全是蛇！爸媽居然變形了，不要拉我啊！我用力推開爸，爸倒在地上做什麼？抓蛇嗎？媽的眼淚串連成好多星星，亮得我睜不開眼。不！我要把屋裡的蛇打死，我傾全力拿起手邊的各種東西往地上砸。地上的蛇，更多了。

You say something.

在病房裡，我忙著招呼爸媽與梨萍相識外，也開心地向他們解說我身為世界和平大使的要務……喂！你們說點話呀！

「你光說英文，我們怎麼聽得懂？」媽已泣不成聲。

「李先生，您該休息了。」一名護士拿著拖盤走向我，行動迅速地為我打了一針。

「他不睡覺，精神怎麼還這麼好？」爸問護士。

「這是腦內的神經傳導物質產生某種異常作用。他目前是躁症，過一陣子會憂鬱，要特別提防他情緒低落。」

我好像看到一道白光，腦子昏沉沉。

「躁鬱症？」是梨萍的聲音。

病發時，我發現另一個我，健談、風趣，比平日的我有趣多了。然而，他們認為這個我是魔鬼，要消滅「他」。

在醫院住了一個多月，梨萍天天來陪我，蘋果般的紅頰凹陷、開朗的嗓音不再。而她也終將赴美依親。

臨入登機室前，梨萍已淚流滿面，我掏出手帕為她擦拭，可想見她心裡的掙扎。是我追不上她的腳步。

7

取出接近滿分的托福成績單，連同梨萍的來信一併丟入空糖果罐內，點上打火機，火，瞬間吞噬紙張，迸發出香甜的糖果味混和著焦味，猶如我心口的思念。梨萍，這成績妳滿意嗎？希望妳永遠快樂，我不忍心打擾妳，就讓妳的生活重新開始吧！

而我就像歷經風浪歲月沖刷的卵石，被掃到一處，學習安頓自己。「五年了！」從爸媽、培德的口中，聽得出不敢太張揚的喜悅。五年來平穩的日子，是否意味永遠的平靜？病症已遠離？

「希望趁我們還在的時候，平同能康復，否則，我永遠不會放心。總不能留他在療養院。」曾在夜裡聽到隔房的媽這麼對爸說。

在窗口看了一夜的星星。房內天花板的紙星星頓然失色。凌晨四點，我取出多年未穿的紅毛衣，對鏡自覽：紅色，增添了我臉上的氣色。悄聲出房門，鄰房內傳來爸的鼾聲，我不禁凝神傾聽，淚水滑入衣領內……。

據說，媽的失眠症，只要聽到爸的鼾聲即可不藥而癒。媽長年來的孤單，我至此明白。對我來說，鼾聲也代表了年邁的爸睡得安穩。他的呼吸始終牽動著一家的空氣。

8

我，將降落。不是移民、不是逃避，算是飛躍吧！若天際真有一顆屬於我的星星，星星也將殞落？屬於我的星星不再孤單。

「以醫生的立場，我們會為你分析病情，並全力治療；以人的立場，我主張人人有追求愛的權利。」

飛躍中，閃過主治醫師的話。他多麼仁慈，只是，這世界或許還需要耐心與奇蹟。

曾看過四周淨是軟墊鋪設的病房，這是為防止重度病患傷害自己的防範措施之一。保住了肉體生命，精神卻無法逃脫囚籠。生存除了溫飽，更是為了愛。為了愛我，爸媽付出了四十年。心的負擔何其沉重。

為了勸慰我，培德說，由你去主演愛你情深，戲碼是自編自導自演。

我，將降落。為了承接我，無言的灰白地面將染上新鮮的色彩：白、紅。我會試著以安然之姿減少可怖。白色是塗擦掉的歲月；紅色卻是我永恆的記憶。

紀伯倫寫著：記憶，是相會的一種形式。

我，正以紅色串聯記憶。

再次試著抬眼望向天際：雲層流動著，一朵朵，一片片……相融，也逸散。此刻，真像有顆星直奔而來，亮著一串字：

三十五歲這年，我很快樂！

9

你，怎麼看待星子的殞落？

注：約翰・休斯頓（John Huston，一九〇六——一九八七），美國導演。他的女兒安潔莉卡・休斯頓（Anjelica Huston）是演員，仍活躍於影壇。

亞倫・帕克（Alan Parke，一九四四——二〇二〇），英國導演。

約翰・藍儂（John Lennon，一九四〇——一九八〇），英國歌手，披頭四（The Beatles）創團成員之一。

我的夢遺留在媽媽的子宮

相信我，那不是夢遺惹的禍。

3:09AM，液晶鬧鐘在暗夜裡以醒目的「紅」亮閃著。

我的雙瞳彷彿在熟睡中硬被人撐開般，得以見到在人世中的第一眼，就是3:09這組數字。據媽媽說，我正是在淩晨三點多出生。當時，我是以什麼心情來到人世？第一眼看到的是醫生、護士、爸爸，還是媽媽？

這天之所以驚醒，並不是少年懷春式的夢遺，畢竟自十四歲起第一次經驗，我已越來越了解自己的生理狀況；也不是來到人世第二十個年頭為自己慶生的方式；而是因為一個夢，它向我預示了一切，我卻只能任由它發生。

真的，那是一場夢，卻逼真得讓我不得不驚愕在床上，足足花了十分鐘去思考：剛才發生的到底是什麼？**我在哪裡？我是誰？**媽媽有事隱瞞？

日片《七夜怪談》造成旋風，我沒被嚇著，會讓我打從心底害怕的是這個夢暗地裡顛覆了我的觀察力與思考度，真相與假象似乎互為一體，早向我預示一切，我卻只能任由它發生。

你一定還弄不懂我在說些什麼，我想說的是，身為子女是否要為父母的幸福負責？一般的說法是，父母要為子女營造一個溫暖健康的家。我想說的是，什麼叫外遇，什麼叫負責，情感是否真要從一而終？一場婚變中，它是摧毀？抑是如積木般，重新排列組合？我還想說的是，有誰規定子女多大才不需要父母愛的羽翼？

就從那個預示的夢境說起吧，我夢到，不！是看到媽媽在搭乘的電梯中與一男子熱烈擁吻，那男人絕不是爸，這應該是一向風流倜儻的爸才會做的事，怎麼會是媽？我圍繞在他們身邊，媽才發現了我，告訴我，她得走了。

「我要跟妳。」像個未斷奶的囝仔，急切地跟定媽媽。

媽媽溫柔卻堅定的眼神顯示她的決心：「我給了你爸二十二年，現在是我找到自己的時候，不過，我們母子關係不變……」

「怎可能不變？」我吶喊，急得一身汗、淚。

因震怒而幾近撕裂的雙瞳映上液晶鬧鐘顯示的3:09AM，原來是夢呀，卻讓我不寒而慄，我清楚地感受到媽的愛慾，這是我不曾在媽和爸的相處中見過的。然而這只是一場夢，我能問嗎？人說夢與事實相反，希望如此，但是，事又常與願違。三個月後，由媽主動提出離婚，爸震驚非常，卻又無力挽回。在媽的要求下，我隨同見證了他們的離婚儀式，這是相當殘忍的見證，我雖非證人，卻參與了現場的一切，像是場祕密遊戲中，不可脫逃、狡辯的關係人。

看到爸媽與爸的兩位朋友分別簽了名蓋上紅印，我有股撕毀證書的衝動，但懦弱的本性使我一次又一次的按捺住！媽似乎察覺了，偶然般地握住我的手。我可知她也有軟弱的一面？她是否真願意如此？接下來是到戶政事務所登記，才算一切告終。爸的朋友王叔叔熱情過頭，既似勸慰，又像落井下石——

「還好你長大了，可以自己照顧自己，有沒有爸媽在身旁不算太重要。」

我氣血上衝，握緊拳頭想往他臉上揮過去，這算哪門子論調？爸適時地擁著我，我覺得他骨瘦如柴，似乎隨時會崩塌，他是傷心嗎？未料，王叔叔又說：

「你爸還有個一歲男孩，你有個弟弟哦！」

爸來不及制止王叔叔的話，瞬間顯得尷尬異常。我推開了爸，同時看到媽一副瞭然的模樣。難道這才是婚變的真相？

我和妹妹彩依與爸爸同住，總無法想像夜裡例行要為我們兄妹倆蓋被子的媽，如何能捨下她看顧多年的孩子？不禁想到幼時頑皮，媽媽說再不乖就要把我裝進她的肚子裡，我好害怕我這麼大的身子怎麼塞得進？媽媽是不是不要我了才這麼說？這招畢竟管用，我總能安靜些許時間。如今，媽是厭倦了這一切吧！

生活中除了少掉女主人，一切沒有太大的不同，家事可由鐘點家務助理暫代，倒是彩依才十五歲，常藉補習之由夜歸，幾乎天天有不同的男孩送她回家，我默視一切，既不忍給彩依壓力，也不想向爸媽告狀，彩依是以她的方式抒發她的不滿。

某夜，我從窗口看到彩依正要從摩托車前座下車，男孩雙手依依不捨地環繞彩依胸前抱住，並且順著胸形摩娑，彩依不以為意，給了甜甜一笑。（黑夜裡應該是看不真切，我是順著「心眼」去觀測的吧。）下車後，立即收回笑容，轉身返入家門，無不捨，反倒是男孩戀戀地守候住即將掩去的身影。我是男孩，我懂得彩依不再是小女生了，我不喜歡她那般糟蹋青春。

「站住！」該是關心彩依的時候了。

「你憑什麼？」彩依尖俏的下巴，隨著昂頭睥睨的姿態，更顯恣放的青春。

「趁爸不在，我們好好談談。」

「他在不在，我一樣是這樣，他管不了我，也管不了你，別忘了，他還有個一歲的小baby，我們算什麼？」

「妳是自暴自棄！這對妳有什麼好處？」

「趁新鮮享受人生。」

「妳不怕先甘後苦？萬一……萬一，妳失足了怎麼辦？」

「你是說失身？安啦！你就是太保守、太壓抑。我不相信來生，不管未來，未來說變就變，還不如把握當下，及時行樂。」

「妳這是預支快樂。」

「快樂是是無窮盡的，不怕預支。」

「方宜中呢？」我突然想念起彩依過去常往來的小學同學。

「誰理他！」

「我覺得他比妳現在交往的男孩好多了。」

彩依總算面對我，眼神好比帶著只追蹤器，直探入我眼底回答：「人真是矛盾，你以前不也是擔心，怎麼現在又說他好？我才不會做個固守一個男人的傻女人。」

「不要受爸媽離婚的影響。」這也是自我告誡的話。

「這影響不見得不好。」

彩依自小固執，即使得跌跌撞撞，若不親自試過絕不罷休，倒是念書，一向不由人操心。她說，壞女孩要壞得讓人心服，壞得讓自己挺得住。

她才十五歲，真挺得住？

彩依倨傲的背影自我眼前消失，她從不輕露心事。

就當我是杞人憂天吧！自此，我假藉做早餐之便在彩依的牛奶裡摻入避孕藥，預防點總是好的吧！天底下有幾個像我這樣的哥哥。

媽每星期五晚上為我們在家做頓晚飯。爸和媽頗有默契的分配與子女獨處的時間，然而，彩依總是缺席。某些時候，我確是想效法彩依，對爸媽也來個相應不理，卻做不到。

鼓足勇氣，我才將心中的疑問向媽提出：

「妳現在和人同居嗎？」

媽一臉訝然，卻帶著笑意：「沒想到你這麼問，你會反對嗎？」

說實在，我不知道。媽才四十五歲，風華正盛，沒道理孤芳自賞。

「妳是不是和一個高高帥帥，帶眼鏡的男人……。」

「你看到了？」媽疑惑。

「在夢裡。我不信，卻真實地發生了。」

「你的夢好驚人！你小時候也夢到爸爸和一個阿姨在一起，緊張地跑來告訴我。」

「那不是夢，是爸帶我去約會的，我想告訴妳，又怕你們吵架；不告訴妳，妳怎麼提防？所以假藉夢來暗示妳，只是不知道妳懂不懂？」

真相多年才現身！如果繼續隱瞞真相，甚至努力忘掉，是不是就可以當作一切都沒發生？知道真相後是得以保護自己，還是平添傷害自己的機會？

媽低頭不語，淚垂在碗邊……久久才開口：

「感情真的很複雜，不過，換個角度想，還能愛人，有愛人的能力，真是一件令人快樂的事。」

是指爸媽在婚姻外能另覓愛人的能量？

「是我和彩依讓妳和爸愛的熱度降低？」我不得不這麼想。

「你們是爸媽的寶貝，這點絕不因離婚而影響，你要幫爸媽向彩依說明白，她現在還小，比較忸。」

我想吶喊：你們離婚，彩依倒成了我的責任，為什麼？

記得彩依年幼時，我將買得的一只氣球遞給她，不知道是我沒確定好，讓彩依抓牢繫在氣球上的細白長線，還是彩依的手鬆脫了，兩人眼睜睜地望著氣球昇空、遠颺……忽地，彩依放聲大哭，追悼那只本將到手的氣球，眼底淨是不捨。

幸福的感覺或許就像只氣球吧！有氫氣飽滿之時，有日漸萎縮的時候，有各種顏色，能繫在身上、桌邊、牆角，也能隨時昇空，更可能一戳即——蹦——破。

不過，我寧可彩依還能如幼童般盡情地，毫無掩飾地宣洩情感。

有天，我提前回家，直覺家中不一樣，第一個念頭是：有人闖空門。拿了根球棒往後陽臺瞧，再悄悄上樓，書房裡傳出熟悉的聲音。

「妳知不知道……我愛妳，一直都愛著妳。」

「不知道，也不需要知道了。」

「妳不相信？」

「我相信！這是你第二次說這句話，第一次是為了求婚，這句話自古以來就是戀愛妙方，很受用。這次是我們離婚後，我想，你是認真思考過的，不過，一切已經來不及了，你愛我，卻也有多餘的愛給別人。倒是，你還打不打算和你一歲兒子的媽結婚？」

沉重的空氣頓時凝結在書房內，我的心口也跟著噗噗跳。是爸媽，他們會復合？

是媽打破凍結的氣氛：「只要盡量不影響彩書彩依，或者，等我安定，他們可以跟著我。」

原來，媽不是不要我們。這類的真相即使來得遲，也足以令人喜極而泣吧！但總懊惱自己欲淚的衝動多過彩依。彩依的堅強使她處處好勝，念書一級棒，總愛說，這也是擇友的條件之一。

當晚，我夢見爸對媽說：「我愛妳，愛得好久、好久……。」媽入爸懷中無限嬌柔：「我知道，我也等了好久好久……」

「你們相愛就是愛我和彩依的證明。」

我躲在媽媽的子宮內聲嘶力竭地喊……似乎是用盡了一生的氣力，而氣球就停在子宮口，我想抓牢它，伸長了手臂攀呀攀……輕輕的一聲「潑」……一陣濕涼的感覺，我退出子宮，躺在床上。

竟在這節骨眼上夢遺，是代替爸向媽表愛嗎？忙換下褲子，頭一回看自己畫地圖（夢遺）的成績，查看裡頭有否愛的痕跡。

沒考上理想大學，等兵役通知的空檔，以閱讀書籍來排遣大把的時間，看累了就睡，夢裡總逃不過離婚證書上的簽名蓋章，尤其是一管管的印章踏上紅泥，穩穩地對妥欄位罩上時，就像是口巨鐘壓在我腦門胸前，壓得我從巨大的驚恐中喘醒。

我討厭當初目睹這一切，他們離婚扯上我幹什麼？是尋求支持？尋求諒解？還是提前讓我了解結婚、離婚不過是一張紙、一只印記。

家中四口人不再如以往一同出遊，各人提前單飛，腳步當更沉重或輕快？彼此是不是不再有興趣聆聽對方的腳步聲？適腳的鞋是不是在不斷地更換中尋找？是沒有穿不破的鞋還是腳型逐日逐月逐年蛻變？或者，根本就是追逐各類新潮款式？也或者是舊鞋霉了？

鞋子對於我一家四人各有不同的解讀吧！找出雕刻工具，我試著以過去習得的技藝，拿了幾塊香皂為爸媽、彩依和自己各刻一隻鞋。為了便利行走，每隻腳都得穿上適腳的鞋，除非是打算「徒步」旅行。當然，若不在意這一切，鞋形皂可以用來洗拭漸溶的泡沫記憶於無形。（若以物質不滅定律而言，真能無形？）至於爸的幼子，我沒見過，也沒聽爸主動提起，無法對他產生情感，自不在我刻鞋形皂的對象內。

當兵前夕，爸以男人對男人的姿態請我去餐館吃飯，彩依仍如獨行女般，不可能現身。「恨不恨我？」爸直到上了甜點後才問。恐怕是醞釀多時的問句，也或許在他心底自認為是肯定句。我不希望有恨，但無法回答他。總覺得這句話在此時已毫無意義，而他該談的對象應該是媽。

得不到我的答案，爸必定苦惱不已。人生非要有確切的答案嗎？

第二天到車站時，彩依突然現身，急切地奔到我胸前痛哭，這情景只有當她年幼時，每和鄰童吵架，才會跑來向我哭訴；而今她盡釋累積的淚水，抽咽地說：「我一直知道哥偷偷在牛奶裡加避孕藥的事。哥！你放心！我沒有做逾越的事。」

我以堅定的眼神傳達：我相信妳！

彩依懂得。她將小提包上垂掛的鞋形皂在我眼前晃盪，我的眼眶不爭氣地潰堤，發現還有一只信塞入我上衣口袋內。

上車後，我拆開來看，是媽。彩依與媽終於見面了？母女倆談得愉快？

信中一行字讓我咀嚼再三：生命總有一番摸索的過程。

我忽然覺得自己長大了，卻又不是那麼能夠全然掌握住自己，正如同夢中的情境不完全能被自己操控。我遙想，在媽的子宮內是不是就能感受到為人母的喜悅，還有……精卵結合的神妙！

掏出自己的鞋形皂，隱隱露出乳香味，融和著我的心念與車輪並行。幸福是不是環環相扣在家庭的每個成員？有誰規定子女多大才不需要父母愛的羽翼？而成人更需要多方的愛來成就自己吧！

鞋形皂在我掌中行走……我想，我只希望家人們快樂地走自己想走的：路！

痛的解釋

一直不知道什麼叫做深沉的痛。

她一向拒絕任何疼痛感，直到他從她的世界中抽離了，她仍混沌未知，更正確的說法是：失了知覺。

他走後，被窩才是她的世界，自從發現這個祕密後，不再有窒息之虞。陰雨綿綿的日子，不禁讓她自覺身上發了霉，唯有再回到被窩裡才能暖和；陽光普照的時候，她也只是興嘆，怕縷縷晨光會消融她準備頹廢的意志力，索性拉緊窗帘，繼續埋入被窩……直至昏黃。黃昏，她心底抽噎；天黑，她才感覺到安全。

再不，就是鑽到一片漆黑的電影院，坐在最後一排，觀看劇情，也順便觀察觀眾的反應，好像身處群眾，卻又置身塵世之外。

因為無力反擊？

不！何須反擊。

因為找不到出口？

對！

就像偶然迷失在散場的戲院中。

她常與自己這麼對話。

以前她會說她在消磨歲月；如今她會說她正邁入老年，然而她才三十五歲，卻已厭倦常態式的生活，但又無力改變現狀。

其實是不想改變現狀。她心底清楚得很。

夜裡總是固定逛那兩條僻巷，踏著自己的身影，偶然間，竟能達到無以言喻的亢奮。她隱約知道：是他在黑夜裡守護著她。

這天，巷內出現一男子蹲坐路邊，靜靜地吸著菸，她捕捉到煙絲的字句：

Wait! Are you alone?

她停下腳步，隨男子入屋，屋內有盞黑色投影燈，很自然地吸引了她與陌生男子投入光環內。男子熄了手上的菸，將菸灰般的氣息綿密虛軟的輕吐入她的左耳內，極為曖昧、挑逗，使她像是靈魂出了竅，藉此掙脫三十五年來的軀殼，鑽入陌生世界。

我才搬來一陣子，觀察了妳幾天，妳……失了魂？

她驚愕自己何時成了被窺者？不過，最教她難過的是她終究未脫塵世，塵世拿她做試驗。

順著暈柔的燈光，她讓陌生男子緩緩解掉她身上的束縛，毫無禁忌地釋放。她是獲得了紓解，然而心裡很清楚，與這男子僅此一次，這陌生男子不能，絕不可能走入她的世界，正如他，也就是她的丈夫永遠進不來一般。她這才想到：和丈夫不曾有過夫妻之實。

我們終於有了親密關係。陌生男子說。

然而，聽在她耳裡，像極了丈夫的低訴。她不由顫聲說出：是的，我們終於有了親密關係。是我召喚了你！

陌生男子再次緊擁了她，她不想拒絕，堅實的胸懷是她渴望已久的城堡，完全不同於輕軟的棉被。

這位陌生男子的雙手按在她肩上，輕輕地滑動、間歇性地挑筋按摩……她無力抗拒，也不想抗拒。

妳的肌肉長期處於緊張狀態。

陌生男子這句話，竟然就這麼輕易地解讀來自她身體的訊號，身體反映心理，又代表什麼？她不敢往下想。

此時，耳際傳來Schindler's List小提琴幽怨嗚咽聲，觸電般找著了她的痛處，不顧一切地丟下不明所以的陌生男子，迅速奪門返家。

找出那張CD，將自己安放在一片黑，靜靜聆聽小提琴弦在心房上拉鋸著。她可以想像那把弓輕輕地滑過她的臉頰，挑開她覆肩的髮絲，順勢而下，將她的身心融入悽愴的樂曲中，慢慢地、慢慢地糾纏出她差點忘失的知覺。五年了！淚水第一次噗簌而下……**誰能明瞭精神上的依戀是種更難以形容的親密關係。**

妳不是那種會為任何事任何人而痛苦的人，但是，妳會為痛苦而痛苦。她想起丈夫說過的話。

她終於找到了她的痛處：他永遠回不了她的真實世界才是她多年來的至痛。

難道他不明白，她真的會為他而痛！就為他而痛！痛得拒絕接受事實，痛得迅速老去，就此老．去……

自從，他去世後。

什麼時候？為什麼？

不要再問了！她不復記憶沉重的過往。

自從他去世後，她似乎也死了。如今怎麼能強烈地憶起痛的知覺？是小提琴弦扯出她的痛覺。她試著以五指的尖長指甲掐陷入上手臂內處，掐住許久，落下鮮紅的五指印，卻比不上思念他的痛。一定要做些什麼！她找出埋在衣櫥深處的相簿，凝睇，期待有番對話，讓她不再感到孤單。

妳會活下去，好好活下去，就為妳自己！

為自己？

她又隱約聽到他的叮嚀——**回憶可以是不死不痛的！**

回憶怎能不痛？衣櫥內的長鏡映上她兩只渙散的眼窩，幽邃不見底。

當然會痛，只要妳真正面對它，這痛不會困擾妳。

痛？怎能不痛？

她俯身親吻他的照片，安息吧！她由衷希望他安然自在，兩人不要再為「痛苦」做解釋了。

不管在哪一個世界，生命都是具體存在。他不放棄對她遊說。

抬起頭來，她迎上衣櫥那面長鏡，原本空洞的眼神正逐漸聚光。那道光，引領她走向玄關，打開鞋櫃……

清潔婦

清晨至黑夜，總能在街頭巷尾看到她賣力踩著堆放垃圾的三輪車。十幾年了！依然辛勤依然奮力依然瘦得如一塊焦黑的木板，忠實地盡己之力不停地工作，日復一日、日復一日。

或許是太累了，身邊多了一位健壯的中年男子，總是赤裸著赭紅色的上身，渾身汗味，不多言，帶領女人的孩子們持續忙著。是女人的先生？不！她的先生已老邁，聽說是退伍老兵娶個年輕太太以安頓後半生；女人的爸媽為了減輕家計，允了婚。女人才過了幾年的安穩日子，就此得照顧中風後已不適任任何工作的先生，並扛起全家沉重的生計。

腳下用力踩著車，一站站地拾起掃帚掃落葉、一站站地環擁著大型垃圾桶搜集社區內家家戶戶的垃圾、一站站地拾級清洗公寓樓梯、一站站地拋卻歲月，從少婦至中年、一站站地收納心事——伴隨身旁男子的體味。她覺得工作的意義在精神上多了層貼心的屏障，也真實地領會三輪車的嘟嘟行進聲是她心底最美妙的韻律。尤其是蕩漾在陰冷潮濕或熱氣翻騰的夜裡，最具真實又朦朧的幸福感。

每年，她只為自己美一次——穿上平日不可能穿的低跟皮鞋，到附近美容院吹整頭髮——鏡子映出她長年曝曬陽光的黝黑膚色。也唯有一年一次，面容映得鏡子反光。

命苦的女人哦！美容院老闆娘在女人走後嘟囔著，一方面是為之不平，一方面又像是支想透視別人生活面貌的放大鏡：錢明明是自己賺的，卻必須向先生伸手要。這先生中風了也真有本事，連太太洗頭的錢都能掌控，恐怕是很不放心和太太一起工作的那個壯男吧！唉！都要生活嘛……。

凡是社區內的事，都別想瞞過這家小店的主人，也難怪各項大小選舉活動都得拉攏這家小小的美容院、美容院的老闆娘。

女人才不在乎別人怎麼想她、怎麼議論她的家庭、她的工作……她知道她優秀乖巧的子女是她辛勞半生最大的驕傲，也是人們不致小覷她的因素之一。

傍晚豪雨過後，她手持竹製的大掃帚出現在這座社區庭院認份地扒著落葉，大顆大顆的汗水自額頭滑至臉頰、頸項，順勢再流淌至雙峰間，猶如一道凹槽匯聚於胸前，染成了一片，濕。**汗水是鹹的，卻可以在她心底釀出蜜，偷偷地滋補她長年疲勞的身心**。她總期待晚間七點左右收垃圾的時間，因為他已經下工，直奔她的工作地點，幫助她和她的孩子們。一道風猛然吹拂，她不禁打了個輕顫，哈啾一聲，適時化解綺念，她不會忘記她的另一項工作：掃完落葉還得趕回家做晚飯，為老公（名符其實的「老」公）擦澡餵飯。

長她二十歲的老公躺在床上任她擦拭那身多皺鬆弛的老皮，她總恐懼著會不會哪天不小心把那層薄皮扯破？她也不記得新婚時，老公有沒有一副結實的肌膚？就像夜深時才得以為自己淨身，已分不清自己有沒有年輕過。

反正，她這大半生就是不斷行走在附近的大小社區還有自家忙和著，永遠做著清潔工作，汗水似乎不曾停歇。或許，她自己也是一身老皮，然而眼前時時出現的是那身赭紅色的胸膛。

風的故事

她，一直是赤腳站在葉面上，輕巧地隨意地，很容易被新鮮的人事物吸引，心神一晃，落入風裡，無需葉面上的靈把她召回，她早就又回到葉面上。不是她離不開葉面，而是她無法對周遭的人事物產生持續的熱情，也或許是少了安全感。她，本就屬於風的族類。

有心改變自己？

她不再遠距離觀看，短期內，飄飄飄地和陌生人走在奇怪的境地，陌生人是國際城市的貴族詭影；一轉身，差點掉入陽光的籃框；見識少年的挑戰；遇見荷爾蒙躁動的女孩；巧遇蕾絲邊；分享影音檔的自負優型人；刻苦有成者……但她心裡卻一直閃出個聲音：**為什麼為什麼為什麼不是他！**

當她還站在葉面上時，老早看到他。

他來到葉片邊，與她說話，輕輕地承托葉片的重量與脆弱。

她開心又冷然地感應這一切，分辨不出真正的感受是實是虛？但他的影像、語詞，時時地切割她，考驗她的專注力，使她不能自在於風裡、不能立於葉面、也不再擁有原本的孤冷心境，她不安於此種不平靜的感覺。

有天，他說：「我要離開一陣子，會再來看妳。」

她的知覺是敏銳的嗎？

知道他用心了，分辨不出這樣的心是屬於哪一種？

假想他以無形的索輕縛住她，卻不給她足夠的空氣、朝露，喚走陽光與星月。她有種被遺棄的感覺。風，不可能遭受任何人事物的遺棄，她卻第一次有這種感覺。為何會出現這樣的感覺？她討厭這樣的感覺！

此時，好不容易聽到他的聲音了。她掩下委屈感，昇起一個畫面：被棄置在森林的孩子，終於找到爸媽。但是，這孩子懂事地不讓爸媽擔心，沒說出心底的恐懼，於是，這孩子再度隻身在森林的深處。

這是她又立於葉面上搜尋回的畫面，嘆息！

於是，這片葉問她：妳要的這麼少，妳只需要一個感應，是嗎？

風不屬於任何人。她是風，飄到哪是哪，就是不屬於任何人，寧可自溺於風裡，狀似漂泊無依、形似消殘的孤影，就是不要與無趣的人為伍。葉知道她要的是那麼少，只要在風裡感應到呼喚。

她以為她可以默默承受。但，感應力越來越來越來……越弱。她倦了！突然想到森林裡的聲音，這些聲音常存在著，她總不以為意。他／她們說：

「妳為什麼不停下來？為什麼不好好生活？」

她想回答是因為找不到鞋，但只能這麼說：「我停不下來，沒有一片風景讓我想停下來。」當她遇到他，似乎知道這是她人生裡的大考驗，她願意讓自己不要太像風，可以悄悄停下來，細細地感應。

小王子無端地落入地球，總遙想他星球裡的那朵玫瑰。她想著，若他記得她，總會有動力驅使他有能力以各種方式使她看見、聽到、感應到……他。

但，他已離去。

她在風裡，聽不到他的聲音……

葉對她說：妳繼續飄到風裡吧，與．風，是．風……

狂戀德古拉

童年起，迷戀幽深黑暗的死亡世界，是隱約避逃現實世界的無常？

如果有累世因緣，究竟是什麼因素讓我自小避開情感牽絆？冷血地封閉，不過度流露感情？電影讓我學習進入別人的故事；大量的夢境是檢視自己最安全的環境，安全又傷感地……看到糾纏的結。

法蘭西斯・柯波拉導演《吸血鬼：真愛不死》，讓我從此迷上德古拉伯爵、愛上蓋瑞・歐德曼，這來自於他化身為德古拉優雅、陰暗的種種強烈特質。即使此片有基努・李維，即使蓋瑞・歐德曼日後飾演的角色常是壞人或不很重要的角色，有他的名字在影片字幕時，我必定亮著眼觀賞。

這部電影裡的愛情，讓我驚歎：

愛，超越了世間的生死。優雅的紳士，其實是一具老醜朽的骷髏，你，還會愛著他？為愛犧牲自己，或是如基努・李維的為愛成全……無非都是愛的奉獻。這樣的——愛情——說服了我，讓我陷入吸血鬼的情境，看似不真實的精神愛戀才是最迷人的愛情吧！

無意間，發現自己喜歡玩吸血鬼的遊戲，卻是吻不著痕，領略愛的深意，不忍嗜咬佔有。也注定與愛錯身、再錯身。多年多年前，久到可以再次轉世了吧！遇見此生以來，與我最有心電感應的人，是A，我們無需言語、不限時空，類如《魔戒》裡的亞拉岡與精靈公主可以在心底對話。甚至感應到A生病、離開世間的時刻，以及之後的多種命運巧合，讓我安靜地密藏心事。沒有牽手、沒有約會，卻是住在彼此心底的人，A總帶給我平靜的力量，連思念都是悄靜。或許是A的安排，引來一位超像德古拉的人，同樣地大踏步姿態向我走來，卻兼具陽光與陰柔的衝突氣質。

這位「德古拉」說：「如果我不在了，妳怎麼辦？」我回答：「是多年前去世的A把你引來，你注定是來讓我學習的。」我竟然忘了問：**「需要什麼樣的力量，才能讓你活下去？」**（穿鞋嗎？這樣問會不會變得有點搞笑？）

德古拉的化身預知自己的死期不遠。彼此承認了感情、彼此處於靈幻世界，都不忍跨越至世間，於是，再一次地，像是影片重剪跳接，沒有世俗的愛戀關係，卻是美得驚人！德古拉回到地底深處！這回，帶給我的不是安靜的力量，而是苦痛至極，每日夜與自己奮戰，淚，落個不停，沒嚎啕大哭，換得的是胸口背部的疼痛。朋友伊莎說：「妳從死亡事件學習到什麼？如果沒有真正的學習，這樣的痛苦會再來。」

天啊！一語驚醒夢中人！當年就是沒學習，才會讓歷史重演。我該怎麼辦？怎樣才能讓死亡化為正面的力量？德古拉要教會我什麼？

法蘭西斯・柯波拉導演的電影果然耐看，他導演的《第三朵玫瑰》，藉著歷史將愛情與人類意識的起源連結。提姆・羅斯手中緊握的紅玫瑰，在白色的雪地裡如此突出，如吸血鬼的愛情。血，已不是嗜血濫殺的血，而是深情至上的**心**，心跳動著鮮紅的**血**。至此，我才深為明白，為何我會冥想死亡境地、著迷某些吸血鬼故事。這些……都是為了日後遇見他，然後，看著他暫別……他會以別的形式現身。

多年多年前，岩井俊二的《情書》，深厚的白雪、飄飛的窗簾，敘述迷離的愛情故事。中山美穗對著遠山反覆大喊：「你好嗎？我很好！」讓我隱約找到出口，卻未曾真正喊出。

而今，我想說：「你好嗎？」希望聽到他回傳：「我很好我很好！」我還能如以往？只要說一句：「我沒電了！」就可聽到爽朗的聲音回應：「好，找一天喝咖啡。」

我會忘了這樣隱約又強烈的愛情故事？不會吧！只要喝咖啡就會想到……德古拉。

附錄

《第三朵玫瑰》
——體驗身處某段歷史中，最深處的苦難

終生致力研究語言與人類意識起源的語言學家，在一九三八年底，撐傘走去平日常去的咖啡館，在大門口遭雷擊，奇蹟不死之外，從七十歲返回前中年期。

時光跳躍在他過去與蘿拉的情史、納粹對他的追蹤、他出現精神分裂狀態、與長得和蘿拉同個模樣的年輕女孩薇諾妮卡相戀。還來到了一九五五年。薇諾妮卡陷入輪迴前世的痛苦歷程，且逐日老去，如鮮花之凋零。

提姆・羅斯（Tim Roth）無論是嚴肅、或冷靜、或神經質，總有股瀟灑不羈的神情。重返年輕時，身體的記憶仍是蹣跚的步伐，再至把握住現有的軀體。亞歷珊卓・瑪莉亞・拉拉（Alexandra Maria Lara），比起她在《尋找愛情的下落》

來得「亮眼」。還記得《為愛朗讀》的布魯諾・甘茲（Bruno Ganz）吧，他是專業溫厚的教授形象。麥特・戴蒙（Matt Damon）在《切：三十九歲的告別信》僅出現一場》，在《第三朵玫瑰》被導演刻意遮住鏡頭。

薇諾妮卡的輪迴之苦，如《安娜床上之島》。出現的古印度語、古埃及語、甚至是無法辨識的更久遠的語言，可以幫助語言學家把畢生的著作完成。但是，為了救薇諾妮卡返回正常容貌與年紀，他離開她，返回出生地。**褐色復古風的攝影基調、東方音樂，創造超凡的愛情氣氛，那是：痛苦、死亡、陪伴，以及陪伴的定義**。

片尾，他在咖啡館遇見老朋友，鏡頭從中年，轉個身，看到他其實是老年。反映的是他當年失去蘿拉的原因，以薇諾妮卡來為自己解不開的愛情作解讀，也為他終究沒完成古老語言的研究找說法。**當理想走入蒼茫，已分不清什麼才是生活裡最該把握住的**。

他專精中文，受「人生如夢，唯有道」的影響，以中文說著「莊周夢蝶或蝶夢莊周」。他本要自殺的，怎會變成穿越時空？哪段故事才是真的？尤其，最困惑他的是：「**第三朵玫瑰該放哪？**」三的意涵是身心靈、是意識與潛意識超意識……充滿心理學的符號。

他躺在雪地裡的黑白影像，最突出的就是手中那朵玫瑰：鮮紅如血的玫瑰。電影改編自小說，不是要找出任何實情真相，而是體驗處於某段歷史中，最深處的苦難。如果只停留在導演柯波拉（Francis Ford Coppola）以前的種種電影印象，尋找刺激或精彩，可能會無從適應。如果硬想從影片找答案，每人都可以有自己的解讀版。

薇諾妮卡也是被雷擊，才出現返回前世的體質。他們被雷擊的傘，是一樣的形式：殘破焦黑，迸出傘骨。這樣的巧合，都是時間裡的交錯，包含了科學、語言學、精神醫學、哲學、神祕學、宗教學、古老的東方文化、戰爭史。而玫瑰的象徵，如「小王子」心繫他星球裡那朵玫瑰的深情。

注：此篇收錄在吳孟樵／《不落幕的文學愛情電影》／臺北：爾雅。

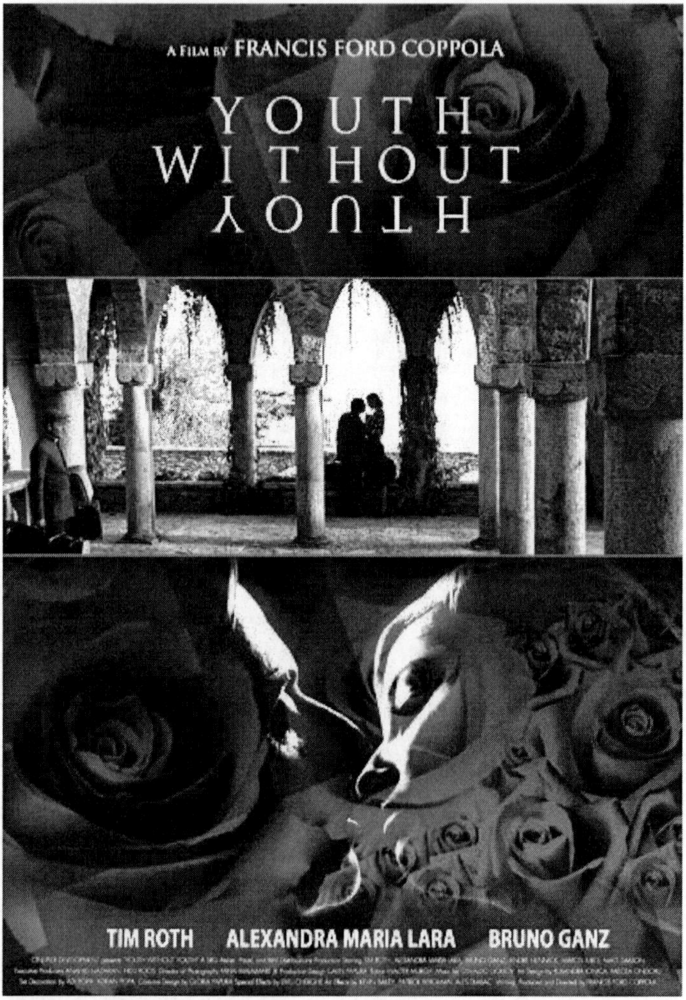

《第三朵玫瑰》海報。聯影提供。

《第三朵玫瑰》　演講大綱

日期：２００９年12月

地點：臺灣大學第一活動中心

解析觀影滋味

本片改編自Mircea Eliade的同名小說。以感官將電影分類，可以增加看電影的趣味性，讓電影的各種滋味「**跳**」出來。

《第三朵玫瑰》（Youth Without Youth）較接近：

聽覺（很多語言、配樂）

視覺（攝影色澤／角度／各地的景）

嗅覺：咖啡（café select）／玫瑰（對於世局的敏感度，嗅出政治戰火的延燒性）

劇情概要

復活節的寒夜裡，本想吃信封裡的毒藥自殺的七十歲語言學學者多明尼克，經過一場如夢似幻，難以解釋的情境，以現在式與倒序穿插劇情。表面上是回憶年輕時失去的那段愛情，看的卻是世界歷史。

歷史

時間經驗：一開場就是滴答的倒轉時鐘，時空轉換的重點是「**時間**」。多明尼克從十九世紀（一八六八或一八六七年出生）來到二十世紀後半期。一九三八年十二月二十日復活節夜裡遭雷劈，奇蹟變年輕。德國軍方想活捉他做研究。他歷經了第二次大戰、大戰結束、報紙頭條反映的各國局勢、原子彈、太空人登陸月球……

語言的歷史：時間的歷史包括人類使用的語言變化。薇諾妮卡因為被雷擊昏，變成靈異的、被催眠的體質。先是出現印度語、梵語，後來是古埃及語、蘇美人語、巴比倫語，甚至是更遠古，人類史上沒有記錄過的語言。

人類的源起：就語言而言，片中出現的除了英文、德文、波蘭文、中文（提姆・羅斯講的中文，我們大概都聽不懂，但是中文寫得很漂亮）、拉丁文、亞美尼亞文、俄文（為他檢查性器官與功能的小姐和六號房的小姐講俄文）、法文、義大利文，還有剛剛提到的梵文、埃及文……等等（沒有日文、韓文）。

意識的源起：人類的歷史、政治史、戰爭、領土、武器的發展、醫學、精神醫學、科學、神學、哲學、神祕學、東西方文化、宗教學。也探討了記憶的精確度，照片、日記、筆記，可以輔佐記憶，但是心裡抗拒的部分呢？他說蘿拉跟他分手後結婚，第二年難產死了。事實呢？在他產生變化的幾年後，我們看到他從包包裡取出的信封袋，是他在車站巧遇蘿拉牽著一個孩子又抱著一個孩子，完全沒感應到他的存在。我們可以假設——蘿拉對他的愛，並不像他回憶裡的那樣——意識掌控了你想要記住什麼，以及如何解釋發生的事。

老人的一生：孤寂的老人當生命走入蒼茫，理想也走入蒼茫，時間變得多半是回顧過去。我們可以說他是重生或是懊悔，甚至是找藉口說是沒了愛情。他因為苦苦研讀語言學，想要寫成「巨著」。一生將走完，始終沒完成巨著。是為了薇諾妮卡的健康，他離開她，所以沒記錄到最關鍵的語言。他在一九五五年還自創語言，說是給二〇一〇年的人聽的。這一段劇情，帶有些微詭異的趣味感。

象徵

攝影的色彩：具有復古懷舊風的棕色、灰白色、黃黑色，或者是畫面全黑，只有聲音出現。最後一幕，他躺在連著階梯的雪地，白雪的大地上，是他全身黑色的西裝，第三朵玫瑰鮮紅得像血，映得畫面超美、超現實、超悲傷。

攝影的角度：常是九十度或四十五度角的畫面。當他開車載著薇諾妮卡，整個畫面是倒轉，具有很多喻意。

傘：他和薇諾妮卡在不同的年代不同的時間被雷擊的傘，是一樣的形式——殘破焦黑，迸出傘骨——這樣的巧合，都是時間裡的交錯，一個變年輕，學習效力驚人，連睡覺都是吸收大量知識；一個是逐漸變老，像朵花一樣地逐日凋零。嬌豔的玫瑰花瓣一瓣瓣，落下，無法對抗時間的壓力。

紅玫瑰：愛情的象徵——「熱情」。「心繫」的源頭如法國小說《小王子》，永遠惦記著他星球上的那朵玫瑰花。

多明尼克的玫瑰花究竟要擺在哪？第一朵在右手心；第二朵放膝蓋；最後一幕劇情，當他的生命結束時，是在他左手心出現。這代表了什麼？有什麼特殊意義呢？

山洞：薇諾妮卡不知第幾世的靈魂呼喚，原始生活的象徵，催眠回山洞如《安娜床上之島》（*Chaotic Ana*）。回到前世，為何都那麼痛苦？且在這兩部電影裡，為何都是女性？吶喊的靈魂被拘禁的意識，是尋找自己。

鏡子：他躺在床上，還沒翻身往鏡子方向，「另一個他」已在那裡等著他。從此，一直和他對話，站在主導者的位置給他意見。他們說話的聲調像《魔戒》的咕嚕。

多明尼克發怒時，拿椅子砸掉鏡子，毀了「另一個他」。最終，回到前場的咖啡館，有兩個人馬上離開那家店，剩下他與一堆老友對話，他們說現在就是一九三八年啊！他說他發生的事是「未來」。鏡子反映出他是老人；下一場我們看到那時除了他，並沒有別的客人。這是一種幻境？夢境？還是穿越某些重疊的時空？

姿態：他從老人變年輕許多時，剛開始還察覺不到自己的變化，背駝著，動作較慢，越來越習慣年輕的身體，再至回到故鄉的那家咖啡館，姿態又變回老人。

交談：他和德國醫生（和《為愛朗讀》的教授是同一位演員）針對他身體上的變化，及研究他的一切資料，可以彼此輕鬆地對話。醫生與他共餐，為他切食物，代表醫生精神上的孤獨，遇到可以對話的人是多麼地幸運。而多明尼克自己與自己的對話，像精神分裂的交戰。

氣氛：就他身處的環境，有愛情的甜蜜、失去的痛苦、政治的詭詐，濃縮的世界史就像人一生的生、老、病、痛、苦、孤單、陪伴、悔恨、焦慮，以及死亡。這一切是一場空，就像他永遠沒完成著作。一開場時鐘滴答聲伴著老學者的喘息聲，是那麼地急促、虛弱，還有不斷地與時間賽跑所產生的焦慮感。

「人生如夢，唯有道」、「莊周夢蝴蝶，蝴蝶夢莊周」，南柯一夢！

究竟：不是要找出任何實情真相，而是體驗處於某段歷史中，最深處的苦難。如果只停留在導演柯波拉以前的總總電影印象，尋找刺激或精彩，可能會無從適應。如果硬想從影片找答案，每人都可以有自己的解讀版。譬如：這是怎麼回事？怎麼穿越時空？是精神分裂？又像是老人失智（忘了穿外出服、被迫害妄想症、回到過去的記憶……）。

「世事總是表裡不一，我就是明證。」（兩個自己的對話，如天使與魔鬼，正邪交戰，也是戰爭與和平。）他被雷劈時，有旁人說：「聽說復活節死，會直接上天堂。」活著苦，死後要上天堂？

時間：最後一場他死時，護照寫的是「馬丁／生日一九三八年四月二十四日」；他——多明尼克——被雷劈是一九三八年十二月二十日；與蘿拉的合照是一八九四年。

思考：玫瑰的用意？第三朵玫瑰該放哪，為何這麼困擾他？另一個我們不知道的更好的世界是什麼？如同第三朵玫瑰放好後，他已經離開人世。他知道嗎？重要嗎？

多明尼克：處於——

EGO（自我）：大部分時期處於有意識，處理真實事件。

ID（本我）：最原始的慾望，完全的潛意識。

SUPER-EGO（超我）：部分有意識，良知或道德的判斷。

延伸閱讀的電影

一、德國電影《**香水**》（小說裡對於各種氣味有非常傳神的寫法，且可比較小說與改編為電影後，男主角的心性有哪些不同。）

二、西班牙電影《**安娜床上之島**》，導演朱力歐・米丹（Julio Medem）以大白鳥被鷹啄殺，墜落地面，抽搐而漸亡的畫面，道盡人生的苦楚。笑容純摯的

《第三朵玫瑰》劇照。聯影提供。

女主角在經過催眠後，自小女孩變成歷經滄桑的女人。沒有充分的心理建設，「了解自我」變成一項更大災難的開始。無論是《安娜床上之島》，或是米丹的另兩部作品：《**露西雅與慾樂園**》、《**羅馬慾樂園**》，都是進入女人心的底層。

三、《**尋找愛情的下落**》、《**為愛朗讀**》。

四、漫威漫畫的英雄人物之一：《**奇異博士**》是在夢裡有驚人的學習能力。

法蘭西斯・柯波拉的女兒蘇菲亞・柯波拉（Sofia Coppola）也是知名導演；

姪子尼可拉斯・凱吉（Nicolas Cage）是知名演員，曾獲得美國奧斯卡最佳男主角獎。都可找出他們的作品觀看。

注：《露西雅與慾樂園》收錄在吳孟樵／《愛看電影的人》／臺北：爾雅。
《尋找愛情的下落》、《為愛朗讀》、《羅馬慾樂園》收錄在吳孟樵／《不落幕的文學愛情電影》／臺北：爾雅。

《噬血戀人》——聽音樂論科學談文學

《噬血戀人》（*Only Lovers Left Alive*）是一部聽音樂論科學談文學的電影。編導吉姆．賈木許（Jim Jarmusch）的個人風格依然強烈，把他個人對於愛好地下音樂、景仰科學家、信仰文學不死的力量、厭煩不覺察美好事物的「活死人」（意指人類），藉著湯姆．希德勒斯頓（Tom Hiddleston，在《雷神索爾》飾演陰鬱的弟弟洛基）、蒂達．史雲頓（Tilda Swinton）飾演三千年「不死」的吸血鬼戀人。這對叫做亞當、夏娃的戀侶有共同的喜好，甚至是迷戀手工精緻的吉他，熟稔製作的年代。品嚐「沒受到汙染」的血液，如同品紅酒。

旋轉中的黑膠唱片，在銀幕裡直轉圈，轉出相隔兩地的戀侶，彼此在各自的城市、各自的床、喝了血，如酒醉了、如嗑藥茫了，心念、思念可以圈成一個「圓」。為了一個夢，預知夢，他們聚首。這個預知夢，也到達夏娃的作家好友馬羅（John Hurt飾演）的夢裡。可見，導演賈木許相信夢的神奇力量。馬羅（Christopher Marlowe），是與莎士比亞同時代的劇作家／詩人。在當時代比莎士比亞還知名。吸血鬼也會「老死」！當馬羅奄奄一息時，亞當說：「你的作品已流傳千古」。

不死，是精神上的自由。不死，如同亞當到醫院取血，掛著名為「浮士德」醫師的名牌（意指：亞當仍在精神上受苦）。不死，就像是被損毀的吉他，當他們撫觸樂器，依然可以感受創作者的用心。不死，在賈木許的定義是創作的影響力。

俊帥的亞當憂鬱、孤冷、頹廢，慨嘆泛政治化的社會、憂心水資源與石油戰爭，但，我們沒見到他嘗試努力去改變這個世界，他幾近是遺世孤立。誰叫這世界已有YouTube、iPhone，這些科技與他尊崇的科學家相去甚遠吧。否則，他怎會提到達爾文；怎會提到愛因斯坦的名言「鬼魅似的遠距作用」，將物理學運用在片中，算是創造某種科學與靈學的魅力。夏娃亞當閉眼側身相對的裸體睡姿如半月，不能合一的圓，略帶著出口。這幕畫面很美！

黑膠唱片讓夏娃隨著性感的歌曲〈*Funnel of love*〉舞出浪漫時代的氣氛。他們開車還經過知名吉他手傑克・懷特的住家。音樂與攝影風格，是賈木許影迷必看的項目。只是，最終一場，他們因「飢餓」，打破從不直接吸人血的自我要求，而瞄準一對正在接吻的戀人。如英文片名《*Only Lovers Left Alive*》，肯定是要讓人思索什麼樣的戀人才可以留下來。

《噬血戀人》劇照。CATCHPLAY提供。

《血色入侵》——無論你是男是女是吸血鬼，我都愛你

《血色入侵》（*Let the Right One In*）除了反映每個世代都存在的暴力，也延伸出令人訴之不盡的「愛」。愛，有時候變成了另一種形式的奉獻、勒索與糖衣式的暴力。

影片一開場字幕及片尾字幕，都是粒粒細雪飛向觀眾視角的右方。戶外，是連接天邊的皚皚雪地。在這樣的氣候下，人的情感會更冰冷？還是更熾烈？

這部瑞典文學獎小說改編的電影，將看似女孩，其實是男孩的吸血鬼與校園裡的少年暴力事件結合。黑髮吸血鬼伊萊停留在十二歲已兩百年、金髮歐斯卡十二歲又八個月，皮膚白得透明無血色。他倆是隔窗的鄰居，彼此的房間隔著一

道牆，歐斯卡以學到的摩斯密碼，做為兩人的密語遊戲及傳情的電流，在北歐紛飛不斷的雪地裡，注入生存下去的熱力。

吸血鬼有德古拉伯爵的老吸血鬼，以及賣座電影《暮光之城》的高中生吸血鬼（羅伯・派汀森飾演），或種種陰森古堡裡的故事。除了恐怖氣氛，還有很重要的元素，那就是「愛」。

歐斯卡常受同學欺負，但他顯然不缺乏離異的父母對他的關愛。伊萊的過去，也是飽受欺凌的孩子嗎？從歐斯卡偷窺伊萊換衣服可以揣度：伊萊被閹割了男性生殖器。感同身受，讓他們的心，如同他們手上的俄羅斯方塊，終將拼湊成每面是同色的色塊。

氣氛並不陰森，也盡量避開血腥畫面，震懾度與可以討論的深度大不同於一般吸血鬼電影。歐斯卡從怯懦者，到敢於反擊欺負他的同學。對於伊萊的造訪，曾一度以輕蔑的鼻音發出ㄑㄧ、ㄑㄧ、ㄑㄧ……，意思是說：「你進來啊！」雖僅這一場是他最不溫暖的時候，卻直指人性的各種可能性。

泳池裡的集體暴力，讓觀眾與歐斯卡一齊幾近窒息。施虐者在此時，對施暴的感受度也變成壓力表。校園暴力與吸血鬼是身體、性命的暴力。擁抱呢？

歐斯卡發自內心地擁抱伊萊兩次；伊萊為歐斯卡勇於在校反擊，而回以溫柔的輕擁。擁抱形成一種堅巨的力量，成就了伊萊的生存之道。從他陰冷又楚楚可憐的模樣、與歐斯卡相遇的模式，即可推斷慘狀收場的中年男為何願意不斷地付出。而伊萊手中的鈔票，正是多少這樣的人為伊萊兩百年的生存輪流奉獻。

兩名總被忽略、排斥的寂寞少年找到了彼此，互相給予溫暖。他倆本以為該離別時，劇情凝聚出濃濃的感傷味，卻又來個大轉折：當火車車廂的窗簾飄飛，到了歐斯卡與伊萊的那節車廂，窗簾靜止，歐斯卡氣定神閒地對著紙箱扣應伊萊。**為愛奉獻的形式，讓我全身發涼……**

注：此篇收錄在吳孟樵／《不落幕的文學愛情電影》／臺北：爾雅。

二〇〇八年《血色入侵》一推出，立即被買下改編為美國電影的版權。原著作者John Ajvide Lindqvist也是此片瑞典版的編劇。二〇一〇年美國將此原著改編為電影《噬血童話》（*Let Me In*），由《科洛弗檔案》（*Cloverfield*）的導演Matt Reeves執導。兩部電影的兩位主角都很吸引人。觀眾更可找出小說與電影的不同處在哪，以及小說對中年男老師的著墨。

作者謝詞　石頭滾動的際遇

「……昨天的眼睛／不是今天的眼睛／今天的眼睛／也不是明天的眼睛。」

（節錄自隱地的詩〈眼睛坐火車〉）

至為感謝隱地老師，他與爾雅出版社的大量作品，是我讀書與寫作上打開「視界」的貴人，不僅把電影《少女小漁》的改寫版電影小說交給當時從沒創作經驗的我來寫，甚至在剛進入二十一世紀初，我開始寫影評時，願意給我機會在爾雅出版影評集。始終記得他說：「妳慢慢寫，我會出版。」他給予我的是「時間」與「耐心」，像是看著一顆小石頭如何滾動自己。如今，是他第一次看我創作的小說，第一次聽到他說我有才華，說我的興趣太多，一下寫小說一下寫影評一下去唸書，若是當初專注寫小說，人生會不一樣。（我開心且驚訝極了，這段話出自這麼有影響力的作家與出版家口中。）隱地老師說話快速、執行力敏捷，聽見他的聲音或是看見他在爾雅走動的身影，具是充沛的能量，也是讓人感到安心的座標，他建築的就是一顆青翠蓊鬱的文學大樹。

吳娟瑜老師每個階段的人生，我看到的是極具遠觀與毅力的展現，豐富且美麗，那是我想改善自己的惕勵座標。她游泳、步行，負重運動、跳街舞，讓演講更有生命力。幼獅文化前任總編輯孫小英老師與王詠雲教授夫妻間的相知相惜，志趣結合在藝文與科學，是世間少見的愛情，非常真實雋永。正是因為如此，孫小英老師筆下的世界特別美。

宋銘老師的聲調感性知性，唱起歌來餘韻繚繞，可以感受他在「香榭大道」所散發的魅力，正如他的照片，總可以「說」故事。近年因教學，益發地陽光燦爛。體貼溫暖的心與專業幫助我很多，謝謝他多次與我分享看到我作品的感受，那是真摯且敏銳的剖析。著名作家吳鈞堯是看電影常見的朋友，看著他寫小說寫散文，已開始寫詩，開拓多元的寫作路程，生活愉快地品飲金門高粱。我們在看片後，若有空就喝喝咖啡抽根菸，很隨興地天南地北聊天，他的笑聲真爽朗。

李哲藝老師的豎琴技藝與多方的音樂創作天份，以及創組樂團的付出有目共睹，更不忘他曾為我解說某些樂曲時，引用了自身的生命態度。與蔡季延老師認識是因為我去她任教的學校演講，至今一直保持非常好的情誼，她充滿熱情的教學法，深深感動我也想有這股活力。第五德嘉老師的專長很特殊，教導人如何在網路裡在生活裡辨識危機，遠離危險。毛恩足老師的歌聲與文字很有感染力，那是融入生命歷程與天賦的資質，從他不忘他恩師劉偉仁的心，可以讀到音樂滋味。

作詞家陳樂融老師為多位知名歌手寫過無數傳唱的歌，也持續創作音樂劇，豐富的閱讀與他獨具的聰敏，都可在他言談與文字裡一一讓人驚嘆！允晨出版社廖志峰發行人，是個具有神祕感與品味的看書寫書看電影品酒的愛好者，出書很專注推書很用心，下筆很感性。

人與人之間的緣分與信任感，未必是以見面次數斷定。例如：與電視台最俊帥的明星主播謝向榮只見過一次面（臉比我還小），之後，從往來的字裡行間，十足地感受到他不因忙碌而敷衍人事物，非常真·誠·謙·和，讓我更為敬佩，更欣賞他的專業形象，難怪走到哪，時常看得到店家的電視是鎖定他的節目。

沒想到這本書可以請到藍祖蔚老師寫序，他的影評樂評粉絲超多，獨有的浪漫與專業分析力，讓人沉浸於他的文章所構築出的畫面。極富磁性柔性的嗓音訴說電影配樂故事，讓音符與愛怨情迷漫入人心。而從他充滿電力的眼神，又可見到他懂情識情且深富義氣，他是許多人心中的「大俠」。感謝他對這本小說的支持，當我看到他把詩、電影、音樂與對我及文章的種種，層次細膩獨到地推衍，見骨血見靈魂地鋪排於推薦序裡，美得讓人陶醉，飲下說不清滋味的淚，那是遇見「美」的淚。美得讓我對自己產生懷疑，卻又得勇敢地把這最原始的書推出去。

回到這本小說的創作源起，感謝朋友曾說「妳可以開始創作小說囉」，第一篇短篇小說就是投往皇冠雜誌，立即獲得平鑫濤先生欣賞約見面。也因為創作小說，有機會這麼順利地自己編劇成為影視作品推出。那年代那時期的我，沒有太多意識該怎「行走」，只是隨著幾個字與意念，旋出故事。甚至因此被轉文發表，而收到與黃春明老師一起得獎的信（當時誤以為收到詐騙信函）。

謝謝寫作路程裡，每位鼓舞我的人事物（可與景物談戀愛）。與秀威出版集團的緣分首推現代文學史作家蔡登山老師，他對文學與電影的貢獻，讓人深信投入自己所愛，絕對是最無悔的路。鄭伊庭經理對出版的專業指引，讓《《歸鄉》的親子關係與俄羅斯文化：這位導演，讓我想起我爸媽》在秀威旗下的新銳文創出版後，引起眾人很大的「驚豔感」，Momo蔡瑋筠小姐的書封設計，冷冽華美大器。

與我很有緣的責編尹懷君小姐繼續負責我這本小說。懷君年輕聰明，具有新世代難得的工作態度，尤其某些特點與我很接近，可以分享夢中世界。謝謝她為我所付出的心力與想法，讓我不需太擔心這些小說題材是否合宜。如今，這本愛情小說在秀威另個系統「釀」出版，命運巧得如我小說裡描述的「釀」，辛勤耕耘釀出了蜜。這本書封設計是王嵩賀先生，將色彩運用得非常粉嫩青春，具有都會感，風貌迥然不同於上一本，各有巧思。一年內，可以在同家出版集團連出兩本書，感謝參與這兩本書的各位，在出版行業日趨緊張的形勢下，更見到出版需要過人的勇氣。謝謝提供劇照的電影公司，豐富這本書的版面。

隨著時日飛過，漸漸地，懂得愉快地享受現在的每一天，這不能不提到K，在我曾經無數次暈倒醒來醒來暈倒，而在最離奇的一次遭遇裡，若不是她的救助，我不能在這裡繼續創作。雖對於那一次暈倒我毫無記憶，憑著現場多人的事後描述，可以拼湊出事件，在此刻以心模擬聆聽她當時的「腳步」與嚇到的「心跳」聲。希望這回透過「書聲」，我可以送給讀者的是心動的聲音。

感恩於長時間的歲月，每在我最辛勞的階段，**以各種多種方式幫助我的人，**懂我的朋友們，總會幫助我的法、文、馬克、S、阿姨母女；激勵我的瑜珈老師Joanne、李小平導演、發表文章媒體的各主編總編發行人；布展海報或書籍的書店（國家書店、敦煌書局與校園書房……）餐廳（俄羅斯城堡、希臘左巴）；安排演講、評審與邀訪節目的劉英台、王清華、張烈東、郭香蘭、吳沂家、洪璘璘、施賢琴、洪嘉勵、歐玲瀞、秦夢群等多位老師；買書的識者與不識者、關注者……。關心《歸鄉》那本書發展的恩師王友輝老師、陳儒修老師與吳錦碧老師。以及，近年認識的親妹妹，她成為我無可或缺的好友。感謝的名單裡，自然還有我失去爸媽後，保持聯繫的親戚們、小姑姑，與我最無悔的永世情人。

情與愛說穿了
就是與自己談戀愛
戀上的
是瞬間觸動的
心弦

但是
說真的
我珍愛您們
向——每位推動我這顆懶散石頭的各位——深深致謝
深深

吳孟樵　作品

敏感躍動的心魂
以，寫作得到沉靜
以，電影得到啟發
以，千奇百怪的夢境透視自己

已出版的書籍：

- 《《歸鄉》的親子關係與俄羅斯文化：這位導演，讓我想起我爸媽》電影專論+散文，新銳文創。
- 《不落幕的文學愛情電影》影評散文集，爾雅。
- 《豬八妹》青少年小說，小魯。（此書當時進入博客來與誠品的排行榜前端）
- 《歡喜回家》彩色精裝版兒童繪本，幼獅。

●**《豬八妹的青春筆記》**青少年小說，幼獅。（獲得新聞局中小學生優良課外讀物推介）
●**《愛看電影的人》**影評集，爾雅。（已絕版）
●**《二月十四》**電影小說與電影劇本，華文網。
●**《半大不小≠沒大沒小》**青少年小說（首次創作青少年小說），幼獅。（獲得新聞局中小學生優良課外讀物推介）
●**《儂本多情》**電視小說（福建．海峽雜誌曾轉載），尖端。（首刷一萬本）
●**《少女小漁》**電影小說，爾雅（嚴歌苓原著；張艾嘉執導。）（這本書同時收錄電影小說、原著小說、電影劇本。已絕版）
●**《我喜歡我自己——臺灣現代生活啟示錄》**（簡體版）生活隨筆及採訪集，北京，現代出版社。
●**《青春無悔》**電影書，幼獅。（此書包括電影劇本與幕前幕後訪談；電影當年入圍最佳改編劇本、最佳音樂、最佳錄音等三項金馬獎。）
＊以上與電影有關的書，附有部分部分劇照或海報

創作小說發表（高跟鞋狂想曲系列）：

●已在皇冠雜誌、工商日報、中央日報發表九篇，其中一篇〈夢裡的高跟鞋〉於二〇〇〇年底，與黃春明先生同獲世界華文小說優秀獎（北京《世界華文文學雜誌》頒發）。第十篇編劇成電影，

並出版成書《二月十四》。

＊此系列隨著寫作重心改變，而轉為創作青少年小說。慶幸於二〇二〇年年底，將高跟鞋系列的部分篇章結集為愛情小說《鞋跟的祕密》。

創作青少年小說與繪本

●因為寫青少年小說與影評，而累積非常多場的演講經驗，多針對校園裡的青少年，也有孩童或是大學生、醫學院研究生，也有一般大眾的演講場次，與大型的審片演講活動，是生命熱力來源之一。

●青少年小說專欄曾刊載於：

☆《中市青年》雜誌

☆《幼獅少年》雜誌

☆《火金姑》兒童文學雜誌

☆《小鹿》兒童文學雜誌

報紙與雜誌專欄

●曾同時在臺北與北京的雜誌有散文與電影專欄。

近年：

●持續在人間福報電影版寫電影專欄。

●二〇二〇年春天前，在人間福報副刊寫「樵言悄語」生活散文，另以櫻桃為筆名寫「當音樂響起」音樂專欄，持續三年，已結束此兩項專欄。

●自從開始看試片寫影評以來，至今在報紙或雜誌的影評專欄不曾斷歇，已累積至少有數百篇影評。

曾在：

●《皇冠》雜誌、《工商時報》及其他報紙寫「城市愛情」小說。

●《國語日報》少年文藝版寫作「那些電影那些人」專欄。

●《中市青年》雜誌多年耕耘寫作「豬八妹」系列小說專欄與電影專欄。（之後，分別在兩家出版社結集為「豬八妹」小說兩本。）
●《幼獅文藝》雜誌寫「電影迷熱門」專欄八年。
●《蘋果日報》副刊有吳孟樵「烈愛傷痕」專欄，無意間訓練吳孟樵寫作極短篇短文。
●中央電影公司過去的「電你網」網站「吳孟樵專欄」文章，部分篇章已在爾雅出版社結集成書《愛看電影的人》。
●其他文章散見於中央日報副刊、中國時報副刊、聯合報副刊與繽紛版、中華日報副刊及其他報紙、雜誌。
●大陸和香港曾有意聯合開拍吳孟樵小說「豬八妹」。
●大陸的出版社曾洽詢出版吳孟樵兒少書與其他文類。

電視臺與廣播電臺：

●曾應臺視、中視、公視、民視、非凡、TVBS等多家電視臺專訪評論電影及其他議題。
●曾在警察廣播電臺與教育電臺每週固定談當週電影，導讀多年。也曾受訪於漢聲電臺、佳音電臺、ＩＣ之音、中央廣播電臺與其他電臺。
●**曾主持電影發表記者會。**

●**曾擔任新聞局、文化部專業人士審片委員多年。**

編劇：

●**《二月十四》**，獲電影輔導金，全片於新加坡拍攝。獲得：美國德州休斯頓影展劇情片金牌獎。

＊**《橘子紅了》**，將琦君同名小說改編為電影劇本，曾入圍電影輔導金。雖未形成電影，喜愛琦君作品的讀者，可在中央大學中文研究所——關於「琦君」活動的網站上見到。

●**《我的心留在布達佩斯》**，吳孟樵改編自己的第一篇創作小說〈繡花鞋的約定〉（此篇小說刊載於皇冠雜誌，本書亦收錄），於中視金鐘劇展單元劇播出。這部片很受觀眾注意。幾年後，吳孟樵以《我的心留在布達佩斯》片中去世的主角為主體，寫了續篇小說〈復活記〉（同樣收錄於本書中）。

＊**《出差》**，吳孟樵自己最滿意的劇本作品。（尚未形成電影）

●**《婚期》**，改編自平路的同名短篇小說，於臺視分四集播出。

（上列幾部編劇的電影或電視作品，導演是美國紐約大學NYU電影碩士周晏子。）

●**《吳卿的金雕世界》**，負責撰寫紀錄片旁白。（卓杰導演）

●**另有幾集公共電視作品。**

撰寫音樂會導讀文章與現場導聆

曾獲作曲家史擷詠之邀於二〇一一年共同為臺北電影節活動演講，並受他之邀參與同年他製作與作曲編曲指揮且演出的盛大作品《電影幻聲交響SHOW——金色年代華語電影音樂劇場》（在中山堂演出，有專冊收錄總製作人／音樂總監史擷詠的感言、演出曲目、導讀音樂的所有文章、劇照、工作人員目錄）。吳孟樵負責所有音樂篇章的導讀文與上下場音樂的現場導聆。這些文章與導聆收錄在《不落幕的文學愛情電影》（爾雅出版）。此活動就在當晚成為史擷詠生前最後一項音樂志業，也是他畢生最在意的音樂形式。

釀愛情08　PG2524

鞋跟的祕密

作　　者　吳孟樵
責任編輯　尹懷君
圖文排版　蔡忠翰
封面設計　王嵩賀

出版策劃　釀出版
製作發行　秀威資訊科技股份有限公司
114 台北市內湖區瑞光路76巷65號1樓
電話：+886-2-2796-3638　傳真：+886-2-2796-1377
服務信箱：service@showwe.com.tw
http://www.showwe.com.tw
郵政劃撥　19563868　戶名：秀威資訊科技股份有限公司
展售門市　國家書店【松江門市】
104 台北市中山區松江路209號1樓
電話：+886-2-2518-0207　傳真：+886-2-2518-0778
網路訂購　秀威網路書店：https://store.showwe.tw
國家網路書店：https://www.govbooks.com.tw
法律顧問　毛國樑　律師
總 經 銷　聯合發行股份有限公司
231新北市新店區寶橋路235巷6弄6號4F
電話：+886-2-2917-8022　傳真：+886-2-2915-6275

出版日期　2020年12月　BOD一版
定　　價　300元

Printed in Taiwan

國家圖書館出版品預行編目

鞋跟的祕密 / 吳孟樵著. -- 一版. -- 臺北市 :
釀出版, 2020.12
面； 公分. -- (釀愛情 ; 8)
BOD版
ISBN 978-986-445-429-7(平裝)

863.57 109018155

讀者回函卡

感謝您購買本書，為提升服務品質，請填妥以下資料，將讀者回函卡直接寄回或傳真本公司，收到您的寶貴意見後，我們會收藏記錄及檢討，謝謝！

如您需要了解本公司最新出版書目、購書優惠或企劃活動，歡迎您上網查詢或下載相關資料：http:// www.showwe.com.tw

您購買的書名：____________________

出生日期：________年________月________日

學歷：□高中（含）以下　□大專　□研究所（含）以上

職業：□製造業　□金融業　□資訊業　□軍警　□傳播業　□自由業

□服務業　□公務員　□教職　□學生　□家管　□其它_____

購書地點：□網路書店　□實體書店　□書展　□郵購　□贈閱　□其他

您從何得知本書的消息？

□網路書店　□實體書店　□網路搜尋　□電子報　□書訊　□雜誌

□傳播媒體　□親友推薦　□網站推薦　□部落格　□其他__________

您對本書的評價：（請填代號　1.非常滿意　2.滿意　3.尚可　4.再改進）

封面設計____　版面編排____　內容____　文／譯筆____　價格____

讀完書後您覺得：

□很有收穫　□有收穫　□收穫不多　□沒收穫

對我們的建議：____________________

____

____

____

請貼
郵票

11466
台北市內湖區瑞光路 76 巷 65 號 1 樓
秀威資訊科技股份有限公司 收
BOD 數位出版事業部

………………………………………………………………………………

（請沿線對折寄回，謝謝！）

姓　　名：＿＿＿＿＿＿＿＿　年齡：＿＿＿＿　性別：□女　□男

郵遞區號：□□□□□

地　　址：＿＿＿＿＿＿＿＿＿＿＿＿＿＿＿＿

聯絡電話：(日)＿＿＿＿＿＿＿＿　(夜)＿＿＿＿＿＿＿＿

E-mail：＿＿＿＿＿＿＿＿＿＿＿＿＿＿＿＿